新 潮 文 庫

卒業ホームラン

自選短編集・男子編

重 松　清 著

目次

エビスくん……七
卒業ホームラン……一〇九
さかあがりの神様……一四七
フイッチのイッチ……一八七
サマーキャンプへようこそ……二五九
また次の春へ　――トン汁……三〇五
刊行にあたって

卒業ホームラン

自選短編集・男子編

エビスくん

1

　小学生時代最後の夏休みは、小学生時代最低の夏休みになってしまった。楽しいことなどなにひとつない、嫌なことばかりの日々だった。〈今日の天気〉のかわりに〈今日の気分〉を書き込む欄が日記帳にあるのなら、〈不安だった〉〈悲しかった〉〈悔しかった〉〈寂しかった〉〈あきらめた〉〈少しほっとした〉の繰り返しで四十日間を過ごしたことになる。

　図画の宿題だった夏休みの思い出の絵は、岬の突端にある大学病院を描いた。読書感想文には『十五少年漂流記』を選び、いったん〈ぼくも一度でいいから、こんな冒険をしてみたいと思いました〉で締めくくったものの、読み返したあと〈でも、こんなおもしろい冒険は、実際にあるわけがないと思います〉と付け足した。庭のヒマワリを観察するつもりだった理科の自由研究は、八月に入ってすぐに隣町の祖父母の家に連れて行かれ、夏休みの残りはそこで過ごすことになったので、けっきょく五ページしかノートを埋められなかった。

二学期の始業式の日、ぼくは教室に入る前に職員室を訪ね、理科の宿題ができなかったことを担任の藤田先生におそるおそる報告した。ふだんは宿題を忘れると必ずゲンコツをくらってしまうのだ。

だが、先生は怒るどころか逆に同情する顔になって、「相原も夏休みはいろいろ大変やったさかいな、よっしゃ、勘弁したる」と言ってくれた。

「すんません」

「他の子ォには内緒やで」

「すんません」

「そんな謝らんでええから。男は、あんまり頭ぺこぺこ下げるもんやない」

先生は少しだけ笑ったがすぐに頰を引き締め、妹のゆうこの容体を訊《き》いてきた。

この数日間は、だいぶ安定している。呼吸困難に陥った七月の終わりには誰もが「もうあかん」と覚悟を決め、そこをなんとか乗り切ったあとも、血圧が急に下がったり敗血症を起こしかけたり腎《じん》機能が低下したりと、八月の旧盆過ぎまでは目の離せない状態だった。集中治療室から一般病棟に戻ってきたのはようやく先週のことで、けれど少なくとも九月いっぱいは、両親が交替で病院に泊まり込まなければならない。

先生は腕組みをして「なるほどな、相原もしばらくは難儀やなあ」と何度かうなずき、ふと思い出したように「学校から大学病院やったら、バス、乗り継ぎになるな」と言った。

ぼくは黙って、あいまいにうなずいた。今朝は、校則で禁止されている自転車で登校した。自転車は裏門の近くの空き地に置いてある。学校が終わると、そのまま病院に向かうつもりだった。

「なあ相原、特別に自転車通学、許可したろか」

「ええんですか？」

「教職員用の自転車置き場、わかるやろ。そこに置いとけや。他のせんせになんぞ訊かれたら、藤田せんせの許可とってます言えばええ。まあ、職員会議でも話は通しとくけどな」

「すんません」

また頭をぺこぺこ下げてしまった。だが、それはいつものことだ。癖というより、習性に近い。

「それでな、自転車通学を許可するかわりいうわけやないんやけど、ちょっと頼まれてほしいことあんねや」

「なんですか？」

「うちのクラスに転校生が入ってくるねん。エビスくんいうて、いままでずっと東京に住んどった子ォなんやけどな、その子の席、相原の隣にするさかい、あんじょう面倒見たってくれ」

「はあ……」

「よっしゃ、じゃあ、そういうことでええな。自由研究のノート、五ページまででかめへんさかい、提出しとき」

先生は回転椅子《いす》を回して机に向き直り、読みかけだったスポーツ新聞を、洗濯物を伸ばすように広げ直した。長嶋もあかんなあ、やっぱり今年で引退なんかなあ、まあこれで巨人もおしまいや。寂しさと嬉《うれ》しさの入り交じったつぶやきが聞こえた。この町のたいがいのひとがそうであるように、先生も阪神タイガースの大ファンで、ジャイアンツが大嫌いで、しかし長嶋茂雄だけは特別なのだという。

昭和四十九年。長嶋茂雄の現役最後の年。ぼくの小学生時代最後の秋。ゆうこと過ごす、これが最後の秋になるかもしれない、とも思っていた。

立ち去ろうとするぼくに、先生はスポーツ新聞に目を落としたまま、言った。

「妹さん、はよ良うなるとええな」

「すんません」

頭を下げかけて、あかん、またやってもうた、情けなくてため息が漏れた。

体育館での始業式が終わると、エビスくんが藤田先生に連れられて教室に入ってきた。体の大きな奴《やつ》だった。背丈はクラスで一番の菊ちゃんより高く、横幅も学年一のデブの高沢よりひとまわり太い。しかも、脂肪太りの高沢と違って体ぜんたいががっしりしている。

先生は朝の話どおりエビスくんをぼくの隣の席に座らせて、「わからないことがあったら、相原くんになんでも訊きなさい」と教壇から声をかけた。前のほうの席に座っていた女の子たちが「せんせ、東京弁でなにすかしとるん」とからかうと、教室がどっと沸いた。「ひろしはガンジーやさかい、優しいでえ」と後ろの席から中西が言って、教室にもう一度笑い声が巡る。

ガンジー。ずっと昔、どんなにきつい目に遭《お》うても抵抗したらあかん、じっと我慢せなあかん、と言いつづけて、最後にはインドをイギリスから独立させた偉い人。一学期の道徳の時間にその話を習ったとき、先生が「うちのクラスでいうたら、相原みたいなもんやな」と言ったせいで、ガンジーがぼくのあだ名になったのだ。

席についたエビスくんの顔を、横からそっと覗《のぞ》き込んだ。頰の肉が厚い。人差し指を思いきり突き立てたら、付け根までめり込みそうだ。むすっと黙りこくっている。先生と並んで教壇に立っているときからそうだった。初顔合わせの緊張とは違う、もっとふてぶてしい表情だった。

宿題の提出やプリントの配付で教室がざわつきはじめるのを待って、声をかけてみた。

「仲良うしような、これから」

エビスくんはぼくに目を向けず、鼻を鳴らした。言葉で返事をする気にもならない、そんな感じの仕草だった。

「エビスくん、ずっと東京におったんやろ？　でも、すぐ慣れるさかい、わからんことあったらなんでも訊いて」

また、鼻が鳴る。反応はそれだけだ。

「友だちになろうや、な?」

今度は、鼻を鳴らしてもくれなかった。

まあええわ。ぼくは目を窓の外に広がる空に移し、夏休みの名残の入道雲の輪郭をまなざしでなぞりながら、こころのなかでつぶやいた。

神さま、ぼく、ええ子やったろ？　転校生とは仲良うしてあげな、あかんもんな。

神さまはぜったいにいる。雲の上からぼくをじっと見つめ、悪い子になったらお仕置きをしてやろうと待ちかまえている。まだ小学校に入る前から、ずっとそう思っていた。

ぼくはお仕置きが怖い。怖くてたまらない。神さまは怒ると、ぼくの一番悲しむことをするだろう。どうや、ひろし、おまえは悪い子やさかい、こんなつらい目に遭うんやで。神さまはそう言って、ぼくのたった一人の妹を、手の届かない遠くへ連れ去ってしまうだろう。

あの頃、ぼくにはたくさん信じているものがあった。ノストラダムスの大予言も、背後霊や地縛霊も、ＵＦＯも、ユリ・ゲラーも。いま振り返ってみれば、怖いものばかり信じていたような気がする。自分が臆病《おくびょう》だとわかっているのに、いや、きっと臆病だからこそ、怖いものや不気味なものを「そんなん、あるわけないやろ」と笑い飛ばすことができなかったのだろうと思う。

そして、小学六年生のぼくが信じていたもうひとつのこと。

奇跡はいつか必ず起きる。起きてもらわなければ困る。神さまはその日のために空からぼくを見つめているのだ。

学校が終わると、グラウンドでソフトボールをしようというキーやんたちの誘いを断って、走って裏門から外に出た。空き地に停めておいた自転車にまたがり、大急ぎで大学病院に向かった。

一年生のときから使っているランドセルは蓋《ふた》のマグネットがすっかり弱くなってしまい、砂利道を自転車で突っ走っていると、くっついたりはずれたりをひっきりなしに繰り返して、そのたびに背中でガチャガチャと音が響く。

岬の付け根から突端まで、道は上り坂がつづく。五段変速の自転車は、これも四年生の頃からさんざん乗り回しているせいで、上り坂用のローギアにしたときには気をつけないとチェーンがはずれてしまう。中学に入ったら新しいのを買ってもらうことになっているが、夏休みの間に、やっぱり断ろう、と決めていた。ゆうこが苦しんでいるのに自分だけ欲しいものを買ってもらうなど、神さまが許すわけがない。

ぼくはゆうこのために生きる。生きたい、と思う。小学六年生のこどもに「生きる」という言葉は大袈裟《おおげさ》すぎるというのなら、こう言い換えてもいい。あの頃のぼくは、いつも、ゆうこのことだけを思っていた。

五つ違いの兄妹だ。大きなおなかを撫《な》でながら「ひろしの弟か妹がでけるんよ」と嬉しそうに言った母の笑顔も、真夜中に突然苦しみだした母を乗せて病院に向かった救急車の赤いランプも、分娩室《ぶんべん》の前の廊下にしゃがみ込んで頭を抱えていた父の背中も、はっきりと覚えている。

だが、一番強く覚えている光景は、ゆうこと初めて会ったときのことだ。ゆうこは、ほの青い光の射《さ》すカプセルに入っていた。体のあちこちにチューブを差し込まれ、顔はほとんど酸素マスクで覆《おお》われていた。カプセルの周囲には大きな機械が何台も置いてあり、お医者さんや看護婦さんが怒ったような顔で機械を操作していた。

妊娠八カ月の早産で生まれたゆうこの心臓は、太い血管のつながりかたが違っていたり、空くはずの穴がふさがったままだったりの不良品だった。病室に入る前に父から何百万人に一人という難しい病気だと聞かされ、お医者さんからは「ゆうこちゃんは、おうちに帰っても体がじょうぶやないさかい、優しゅうかわいがってあげてな」と言われた。

悲しさより、悔しさのほうが強かった。何百万人に一人の割合が、なぜぼくの妹なのか。ぼくはカプセルから顔をそむけ、ゆうこの呼吸に合わせて画面のグラフが動く機械を、父に肩を抱かれるまでじっとにらみつけていたのだった。

ゆうこが生まれて、わが家の暮らしは一変した。父はゆうこの治療費を稼ぐために、郵便局を辞めて夜勤手当や危険手当の貰《もら》える造船所に転職した。母は病院と家を行ったり来たりで、家で過ごす夜もほとんど笑わなくなった。

半年後、ゆうこがようやくカプセルから出たか出ないかの頃、ぼくは母にびんたを張られた。理由は忘れた。看病に追われてかまってくれない母に、きっとわがままを言いつのったのだろう。

母はぼくをぶったあと涙をぽろぽろ流し、うめくような声で言った。

「ひろしはお兄ちゃんなんやさかい、辛抱したってえな。お願いやから、もっとええ子になって。あんたが悪い子でおったら、ゆうこの病気、いつまでたっても良うならんやないの。ほんま、ゆうこ、死んでまうで。それでもええんか？　あんた、それでもお兄ちゃんか？」

その日を境に、ぼくも変わった。わがままを言わなくなり、友だちと喧嘩《けんか》をしなくなった。いたずらをやめ、両親に甘えるのをやめた。いい子になろう。ゆうこのために一所懸命いい子になろう、と決めた。我慢や忍耐とは少し違う。いい子になることが、ぼくの夢になり、目標になった。カードにスタンプを捺《お》していくように、ひとついい子になれば、ひとつ神さまに褒められ、ひとつゆうこが元気になるのだ。

ゆうこが生まれてから、もうすぐ丸七年になる。スタンプは、いくつたまっただろう。カードの枡目《ますめ》が一杯になれば、ごほうびになにを貰えるのだろう。神さまは、スタンプを捺し忘れてはいないだろうか……。

病室に入ると、ゆうこはちょうど点滴を終えたところだった。ふだんは透き通るように青白い顔も、点滴のあとはほんの少し赤みが差す。この一カ月ほどろくに食事もとっていないのだが、頬の輪郭は円みを帯びている。抗生物質の副作用で、むくみが出ているせいだ。たまにしか見舞いに来ない親戚《しんせき》たちは「ゆうちゃんも、だいぶ元気そうやない」と喜ぶが、瘦《や》せこけた頰をしていた頃よりもいまのほうがずっと、ゆうこは死に近づいているのだ。

ぼくはベッドの横の椅子に座り、母が売店で買っておいてくれたパンと牛乳の昼食を食べながら、エビスくんのことを話した。体が大きかったということは身振りを交えて話したが、無愛想な態度のことは黙っておいた。嫌な気分になることは話したくない。話すぼくよりも、聞くゆうこのために。

ゆうこは「エビスってけったいな名前やねえ。ビールみたいやん」と細い声で言った。

「そんなことあらへんよ、ゆうちゃん」母が、傾斜ベッドのハンドルを回してゆうこの体を起こしながら言う。「えらいゲンのええ名前の子ォやない、エベッさんは七福神の一人なんやさかい」

「ほんま？　お兄ちゃん」

「ほんまやで。商売繁盛《はんじょう》の神さまやねん、エベッさんは」

ゆうこはそれを聞いて、自分の鼻に息を吹きかけた。頰の動きは少なくても、兄妹だ、ちょっとした表情の変化でも感情を読み取れる。笑うときはいつでも目をつぶり、照れると上下の小さな前歯をすり合わせて、怒ったら下唇を内側に巻き込むように嚙《か》む。期待はずれのものに出会ったときには、自分の鼻に息を吹きかけ、息の行方を追うように両目を上に向けて、それから肩の力を抜くのだ。

「どないした？」と訊《き》くと、ゆうこは「だって、商売繁盛やったら、うちにぜんぜん関係ないやん」と言った。

「あかんなあ、ゆうこはエベッさんを甘う見とるわ。バチかぶっても知らんで」

「なんで？」

「商売繁盛いうことは、ようするに、みんなが幸せになるいうことや。せやから、ゆうこみたいに病気の子ォは病気があっというまに治る、お兄ちゃんみたいに勉強せなあかんのんは勉強がようでけるようになる。どや、どえらい神さまやろ。ほんまやで、エベッさんは神さまのなかの神さまや。なんにでも効くねん。ゆうこも聞いたことないか、アロエかエベッさんか、いうて」

ゆうこは母の差し出す吸い飲みで湯冷ましを一口飲んで、「アホらし」と笑った。頬が火照《ほて》るのか掌《てのひら》で風を送る。細い手首が、かくかく、と折れる。強く振ったらそのままちぎれてしまいそうな頼りなさだった。

「なあ、お兄ちゃん、エビスくんってエベッさんと関係あるんやろか」

「関係て？」

「ご先祖がエベッさんやから、エビスくんいうのんと違うん？　神さまの子ォやったらおもろいのにな……なんて、おもろないか、おもろいわけないな、そんなん」

最後にまた「アホらし」と、さっきよりもっとつまらなさそうに唇から漏れる。

「おもろいよ」ぼくは勢い込んで言った。「ごっつ、おもろいやんか。友だちが神さまの子孫やなんて、こんなおもろい話あらへん」

「どこが？」

「ぜーんぶ、や」

「そんなん、あるわけないやん」

「わからへん。神さまの子孫かもしれん。いいや、あいつはぜったいにエベッさんの子孫や。お兄ちゃんには、ちゃーんとわかるんや」

「アホらしいこと言わんといて」

「アホやないよ。なに言うてんねん。ひとの話にアホアホ言う奴がアホなんやで」

ゆうこが自分の言葉を「アホらし」と打ち消すたびに、ぼくはつまらない意地を張ってしまう。聞きたくない。「アホらし」が連なったすえに「生きてくのがアホらしなったわ」となるのが怖い。ゆうこには、いつも楽しいことだけ考えていてほしい。体が弱いぶん心はいつも元気に、なにかを夢見たり、なにかを好きになったりしていてほしい。そのためなら、どんなことだってしてやりたい。

もっとも、ゆうこはほとんどなにも欲しがらないし、わがままも言わない。長期の入院をしている子供たちは、みんなそうだという。あきらめたり我慢したりすることに慣れすぎたのかもしれないし、家族が看病に疲れきっているのを肌で感じているせいかもしれないし、なにかを求めたり夢見たりする気力も萎《な》えているのかもしれない。それとも、退院して外に出たいという一番の夢を封じられているためだろうか。理由を「これだ」と決めつけるのは、病気ではない人間の傲慢《ごうまん》さのあらわれのような気もする。

ゆうこがぼくにプレゼントをねだったのは、これまでに一度しかない。去年のクリスマス前に、大ファンの西城秀樹《ひでき》のサインが欲しいと言い出したのだ。ぼくは「よっしゃ、お兄ちゃんに任せとき。ヒデキに手紙出して頼んでみるさかい、ぜったいにだいじょうぶや」と指きりをして、その約束をちゃんと守った。〈ゆうちゃん、早くよくなれ！〉とメッセージが添えられたサイン色紙を、クリスマスイブに病院に持っていった。日付もちゃんと〈1973・12・24〉。〈西城〉が〈西条〉になっている、と母がそっと教えてくれたのは翌日の夜のことで、そのときにはすでに色紙は枕元《まくらもと》の壁に誇らしげに飾られていたのだった。

湯冷ましをもう一口飲んだゆうこは、肩をゆっくり上下させた。これは、半分あきれているときの癖だ。

「ほなら、お兄ちゃん、エビスくんいう人に訊いてみてよ。もし、万々が一……そんなんあるわけないけど、もしも、ほんまに神さまの子孫やったら、いっぺんお見舞いに来てもろて」

「見舞いに？」

「な、ええやろ？」

「よっしゃ、連れてきたる。約束や、指きりげんまんしよ」

ゆうこの細く骨張った小指に自分の小指をからめた。指きりげんまん、嘘《うそ》ついたら針千本呑《の》ォーます。歌うように言うゆうこの胸には、嘘なんて一度もついていないのに、すでに針が千本入っている。呼吸困難に陥ったときの痛みは針を千本呑んだようなものなのだと、いつか看護婦さんから聞いたことがある。

指きりが終わると、ゆうこは「あーあ、アホな約束してもうた」と母に笑いかけた。「アホかどうかわからんで、お兄ちゃん、いつも約束守ってくれたはるやろ」と母が言う。ぼくは黙って、いままでゆうこが会ったことのない友だちの顔を順に思い浮かべてみた。

あかん。瞬《まばた》きに紛らせて、大失敗や、と嘆いた。よけいなことを話してしまった。クラス一のデブで、なおかつクラス一のノッポ。エビスくんの身代わりになれる奴《やつ》なんて、いるわけない。

帰宅すると、まず洗濯機を回し、炊飯器のタイマーをセットする。帰り道のスーパーマーケットで買ってきた総菜を冷蔵庫にしまい、部屋の掃除を終えると、まだ陽は残っていたが一階の雨戸をたてる。父の夜勤の日は、朝までひとりきりで過ごさなければならない。

しゃべる相手のいない夕食を早々に終えると、百科事典でエベッさんのことを調べた。

同じエビスでも、漢字はいろいろな書き方がある。恵比須、恵比寿、夷、戎。転校生のエビスくんは、「戎」という字だった。もともとは、兵器、兵士、闘いといった意味で、「夷」には、異民族や野蛮人という意味もある。エビスくんの顔はまだ思い出すにはあやふやだったけれど、あの体格と態度からすると、神さまの子孫というより大昔の乱暴な兵士の血筋なのかもしれない。

そして、なにより肝心なこと。エベッさんに、病気治癒の御利益《ごりやく》もあるのかどうか。

……なかった。

エベッさんは、商売繁盛、豊作、豊漁の神さまで、それ以外に御利益はない。しかも、海に漂流する水死体をエベッさんと呼ぶこともあるのだという。

なんやねん、こいつ、役立たずの神さまやないか。百科事典に描かれた、釣竿《つりざお》を抱いてにこにこ笑うエベッさんの絵を、親指で押しつぶしてやった。ひとりきりで夜を過ごすときのぼくは、けっこう強気なのだ。

2

翌朝、登校して自分の席につくと、いきなり後ろから頭をはたかれた。痛みより驚きで一瞬目の前が真っ暗になり、頭を抱えて振り向くと、エビスくんが立っていた。

「エビスくん、乱暴せんとき、痛いやん」

エビスくんの顔は、おっかなかった。肉の盛り上がった丸顔に細く小さな目がめり込み、鼻の穴がひくついている。

「これ、おまえが書いたんだろ」とエビスくんは言った。くぐもった低い声。もう声変わりしているのかもしれない。

「ここ見ろよ。おまえ、ふざけんなよ」とクラス日誌が鼻先に突き出される。昨日の日直は、五十音順の出席番号一番のぼくだった。

「なにが?」

「字が違うだろうがよ、バカ!」

怒鳴り声と同時にエビスくんの体が、ぐん、と大きくなった。十六文キックを放つジャイアント馬場のように背を反らし脚を上げたのだと気づく間もなく、椅子《いす》の背を踏み付けるように蹴《け》られ、ぼくは椅子ごと床に転げ落ちてしまった。

女の子たちの悲鳴があがり、教室の後ろから、半ズボンのポケットに両手を突っ込んだ浜ちゃんが「どないしたんか、おう？　おう？　おう？」と肩を揺すりながら近づいてきた。つくり笑いで浜ちゃんにかぶりを振りかけた顔に、クラス日誌が叩《たた》きつけられた。鼻の頭はとっさに腕でかばったが、おでこに日誌の角がぶつかって涙が出るぐらい痛かった。

「なんや、こら、おまえ、ひろしになにすんねん」

浜ちゃんがエビスくんに詰め寄った。女の子がまた悲鳴をあげる。浜ちゃんの兄貴は地元の暴走族の元特攻隊長で、高校中退後はマグロ漁船に乗っている。浜ちゃん本人も、体格こそ人並みだったが、学校で一番喧嘩が強く柄も悪い。幼稚園からの付き合いのぼくとは幼なじみの縁で仲良くやっているが、一学期には、駅前でカツアゲしてきた中学生を逆に殴り倒して財布をぶんどったこともある。

エビスくんは、浜ちゃんと正面から向き合った。おびえた様子はない。浜ちゃんの怖さをなにも知らない。アホや、やられてまうで。ぼくだけではなく、クラスの誰もが思ったはずだ。

だが、次の瞬間、横にふっとんでいったのは、浜ちゃんのほうだった。机がいくつも、けたたましい音をたててなぎ倒された。エビスくんの右フックが頬に入ったのだ。呆然《ぼうぜん》とした顔で床に尻餅《しりもち》をついた浜ちゃんは、すぐさま「わりゃあ……」と立ち上がった。そこに、エビスくんの回し蹴りがとぶ。今度は腹。浜ちゃんは懸命に両足を踏ん張ってこらえ、「いてまうど、しまいにゃ」とうめきながら低い姿勢で体当たりしていったが、エビスくんの二発目の回し蹴りがカウンターになって顔面を直撃した。女の子が悲鳴をあげる間もなかった。

倒れた机の上にひっくりかえった浜ちゃんは、背中を丸め、頭を抱え込んだ。教室じゅうが静まり返るなか、やがて、浜ちゃんのか細い声が聞こえてきた。くそったれ、くそったれ、くそったれ……。べそをかいて繰り返す唇には、血がにじんでいた。

ぼくはあわてて日誌をめくり、前日のページの備考欄に目をやった。〈戎くんが東京から転校してきました。みんな仲良くしましょう〉。首をかしげかけたとき、背中をひやっとしたものが滑り落ちた。字が違う。〈戎〉を〈戒《せ》〉と書いてしまった。カイくん。イマシメくん。早く病院へ行こうと気が急いていたせいで、書き間違えてしまったのだ。

「わざとやったのかよ、てめえ」

首を思いきり横に振った。

「なめてんだろ、おれのことよお」

なんでぼくがエビスくんなめなあかんのん、勘弁してえな。喉《のど》がひくつくだけで、声にならない。腰を引き、首を縮め、顔をかばって両手を上げたとき、チャイムが鳴った。廊下側の席にいた女の子が「せんせ、来はったで」と言って、ぼくたちを取り囲んでいた人垣がいっせいに崩れた。浜ちゃんも洟《はな》をすすりながら自分の席に戻る。倒された机をそれぞれの持ち主が大急ぎで起こしたが、元通りになる前に藤田先生が教室に入ってきた。

「どないしたんや？　なにガタガタ机動かしとんねん」

遠慮がちに滑っていくみんなの視線を、エビスくんは素知らぬ顔で受け止めた。

「なんかあったんか？」と先生が近くの席の数人に声をかけた。口ごもる女の子たちを制して、浜ちゃんが「なんもありませーん、わいとヤスハルがプロレスやっとっただけでーす」と言い、隣の席のヤスハルを小突きながら「おまえが派手にひっくりかえるさかい、大騒ぎになってしもたろうが」と笑った。小学六年生。なんでもかんでも親や教師に話すのは恥ずべきことだと、浜ちゃんのようなガキ大将はもちろん、ぼくですら思っていた、そんな年頃だ。

先生が納得して朝の連絡事項を伝えはじめると、エビスくんはポーカーフェイスのままぼくに向き直り、人差し指をまず自分に、それからぼくに向けて振って、その指の動きにリズムを合わせて小声で言った。

「仲良くなってやるよ、親友な、おれら」

笑った。自分の言葉に笑顔を添えたのか口をぽかんと開けたぼくがおかしかったのかは知らないが、エビスくんはたしかに、初めて笑った。笑顔になっても、やっぱり細い目を頰にめり込ませていた。

ぼくたちは親友になった。まわりは誰ひとりとして認めず、当のぼくだって、どこが親友やねん、と言いたくなる、そんな奇妙な付き合いが始まったのだ。

教科書に、ボールペンでおめこマークを書かれた。「おめこ」のことを東京では「おまんこ」と呼ぶのだと教えられ、「ほら言ってみろよ、覚えたんならいまから大声で言ってみろよ」と耳たぶをひっぱられた。シャープペンシルの芯《しん》を全部抜かれた。弓のように反らした定規で手の甲を叩かれた。コンパスの針で顔を突く真似《まね》をされ、手で顔を隠すと向こうずねを蹴られた。体育の時間の前に服を着替えていたら、「パンツ脱がせてやろうか」と背中に回られ、あわてて逃げた隙《すき》に体育館シューズの中に唾《つば》を入れられた。給食のときにジャムやマーマレードをとられた。泥で汚れたズックでハーモニカを踏まれた。

休憩時間も逃げられない。エビスくんはぼくがトイレに行くときにもついてきて、用足しの真っ最中にズボンを不意に持ち上げて、パンツにおしっこがかかると、隣の女子トイレにまで聞こえるような大声で「きったねえ、ひろし、しょんべん漏らしてやんの」と言う。購買部の売店に消しゴムやノートを買いに行くときも、廊下を歩く後ろから唾を足元に吐きつけて、それをかわそうと足をピョンピョン跳ね上げるぼくの背中に回し蹴りをぶつける。

エビスくんは、いつも笑っていた。ぼくがあせったりおびえたり泣き出しそうになるのを見ると、笑顔はいっそう深くなった。

けれど、笑う相手はぼくひとりだった。エビスくんは他の誰とも付き合おうとせず、言葉すら交わさない。始業式の日と同じように、いつもむすっとした顔でクラスの連中を眺めるだけだ。

「親友だもんな、おれとひろし」

エビスくんは、ぼくをいじめたあとに必ずそう言って、握手を求めてくる。しかたなく掌《てのひら》を差し出すと、小指でさえぼくの親指ぐらいありそうな大きな掌で包み込み、不意にレモンをしぼるように思いきり締めつけてくる。締めながら、手首をよじり、肘《ひじ》を逆にひねる。あかん、骨折する、うめきながら思ったことも一度や二度ではなかった。肘を抱えてうずくまる背中に、「ずーっと親友だからな、裏切るなよ、いいな」とエビスくんの嬉《うれ》しそうな声が貼《は》りつく。声をすり込むように背中を何度も踏まれ、仕上げに尻を蹴られるときもある。

朝、学校に行く支度をしていると、胃がしくしく痛むようになった。夜中に何度もおしっこに起きる。トイレにたってもほとんど出ないのに、布団《ふとん》に戻るとすぐにおちんちんの根元がむずがゆくなってしまう。

クラスのみんなは、誰も助けてくれない。「ひろしも気ィ優しすぎるん違うか。おまえが辛抱するさかい、エビスもいじめてくるんや」と何人もの友だちから言われた。まるで、こっちが悪いことをして叱《しか》られているみたいだ。

エビスくんは自己紹介をまったくしなかったが、狭い町だ、噂話《うわさばなし》はいくつか流れてきた。母子家庭だという。母親と二人きりでこの町に来た。父親はやくざだったらしい。ちんぴらに射殺されたという説があり、事件を起こして刑務所に入っているという話もあり、また、香港《ホンコン》だか台湾だかに高跳びしているのだと話す友だちもいた。

「ちょっとひろし、ほんまのところをいっぺん訊《き》いてみたれや」と菊ちゃんたちは勝手なことを言うが、いずれにしても、やくざの息子ということで、エビスくんに正面きって文句をつける友だちは一人もいない。頼みの綱の浜ちゃんも、一対一の勝負で叩きのめされたのがよほどこたえているのか、エビスくんにかんしては無視を決めこんでいた。

藤田先生は、なにも知らない。エビスくんの隙を見て昼休みに教室を抜け出し、職員室の前まで行ったことはある。それでも、ドアをノックできなかった。ノックしてはいけないんだ、と自分に命じた。

絶交するわけにはいかない。ぼくたちはずっと、親友のままでいなければならない。ゆうこの容体は九月の半ばを過ぎてようやく一段落つき、とりあえず今日明日のうちに命がどうこうということはなくなった。

だが、元気が出てきたぶん、エビスくんのお見舞いを待ちわびる気持ちも日を追ってつのっていた。ぼくが病室を訪れるたびに「エビスくん、まだなん?」とせがむ。ドアを開けるなりベッドに体を起こし、入ってくるのがぼくひとりだと知ると落胆してため息をつく。ときには「はよ連れてきて。なあ、お兄ちゃん、はよエビスくんに会わせて」と繰り返しているうちに涙ぐんでしまうこともある。「万々が一神さまの子孫やったら連れてくる、いう話やろ?」とは、もう言えない。いつのまにかゆうこの頭のなかからは、それ以外の可能性は消えうせているようだった。

「あわてんでもええやないか。どうせやったら、もっと元気になってから会《お》うたほうがええん違うか」と言ってもだめだ。ゆうこは「あかん」と首を横に振り、逃げ腰のぼくをなじるように、ぼくが一番触れてほしくないことを言う。

「お兄ちゃん、こないだ言うたやん、エビスくんと友だちになったて。友だちやったらお願いしてよ、来てもろうてよ、そんなんもでけへんのやったら友だち違うわ」

長患《ながわずら》いの病人は嘘《うそ》を見抜くことに敏感になるのだと、なにかの本で読んだ覚えがある。

だから、ぼくはエビスくんと、もっともっと仲良くならなくてはいけない。

九月の後半になっても、エビスくんのいじめはつづいた。

授業中、藤田先生が黒板に向かうたびにエビスくんの太い腕がこっちに伸びてきて、肘の内側をつねる。爪《つめ》を立て、つまんだ肉をネジを回すようにきつくひねる。給食のジャムを昼休みに椅子に塗られ、午後の授業中にとられた消しゴムは肥後守《ひごのかみ》でさいの目に刻まれて、次の休み時間に服の背中に放り込まれる。風呂《ふろ》に入ると、体じゅうにあざができているのがわかる。消しゴムをとられ、鉛筆をへし折られ、ノートを破られているうちに、九月のお小遣いはすべてなくなり、お年玉の貯金も、このままなら十月が終わらないうちに遣いきってしまいそうだった。

ぼくは学校帰りに泣きながら自転車を漕《こ》ぐようになった。岬の坂道をペダルを踏ん張って上りながら、涙をぼろぼろこぼす。声は出さない。歯を食いしばって泣く。病院からの帰り道にも涙が出る。下り坂をぎりぎりまでブレーキをこらえて強い向かい風を浴びながら、くそったれくそったれくそったれ、エビスくんにではなくぼく自身にうめき声をぶつける。

親友、とエビスくんは言う。いじめの言い訳だということぐらいわかっているのに、ぼくはその言葉を信じ、すがっている。親友なんだからエビスくんもぼくの頼みごとを聞いてくれるはずだ、自分にそう言い聞かせながら、いじめに耐えている。それが悔しく、情けなくてたまらなかったが、逆に、そこをうしなってしまったら、ぼくはもう学校へも通えなくなってしまいそうな気がする。

エビスくん、ちょっとぼくの話、聞いてくれへんかなあ、お願いがあんねん。喉元まで出かかった言葉を何度呑《の》み込んだかわからない。まだや、まだ足らんぞ、もっといじめられて、エビスくんがもっと上機嫌で笑いよるときを狙《ねろ》うて言わなあかんのや。

アホかおまえ、こころのなかで別の声がする。

けれどすぐに、アホでええねん、さらに別の声が聞こえる。どっちにしてもアホはアホだ。悔しさや情けなさすら感じなくなるほどのアホになってしまえばいい。

いま思い出そうとしても、それが九月の何日だったか、どうしても日付が出てこない。ひとつの場面、忘れてしまいたいくらい嫌な光景だけ残して、あとはすべて記憶から抜け落ちている。

昼休みだった。おしっこに行こうとしたぼくは、席を立ったところでエビスくんに行く手をはばまれた。

「しょんべんか？　クソか？」とエビスくんはぼくの腕をつかんで訊いた。「ちょっとごめん、離したって、ごめん、すぐ帰ってくるさかい」と言っても離してくれない。「ぼくはうんこに行きますって言ってみろよ。くさいうんこをしたいのでそこを通してくださいって、おっきな声で言えよ」

手首をひねられた。うめき声が漏れそうになるのを必死にこらえて、つくり笑いで「冗談きついわあ」と言った。すると、エビスくんは目を細くして「そうだな、いまの冗談な」とうなずき、さらに手首をひねりながらつづけた。

「ちんぽ出して便所まで行けよ。しょんべん漏れそうなんだろ、じゃあおまえ、ここからちんぽ出しといたほうがいいだろ。な？」

「あかんよ、そんなん、でけへんよ」

「やれよ」

「堪忍《かんにん》してえな」

「うるせえなあ、早くやれよてめえ」

すねを蹴《け》られた。うずくまろうにも手首をつかまれているので体を動かせない。それに下腹から力を抜くと、おしっこが漏れてしまいそうだった。すねの痛みにつぶった目が、涙でうるむ。まぶたのなかでさまざまな色の光が揺れる。

みんな見ているだろうか。きっと、見ている。でも助けてはくれない。エビスくんにいじめられていることよりも、誰からも助けてもらえないことで悲しさが胸にあふれた。

廊下から女の子たちの笑い声が聞こえる。吉田智子《よしだともこ》さんの声が交じっていた。女子のクラス委員の吉田さんは、クラスでいっとう勉強ができて、二番めにかわいい女の子で、ぼくの片思いの相手でもあった。吉田さんがもうすぐ教室に入ってくる。エビスくんに手首をひねられ、足を踏まれ、すねを蹴られ、頭を小突かれているぼくを見る。そして、おちんちんを出して歩くぼくを見る。笑うだろうか。あきれるだろうか。軽蔑《けいべつ》するだろうか。同情だけはされたくない。相原くんってかわいそうやねえ、吉田さんの声でそんなふうに言われたら、死んでしまいたくなる。

「早くちんぽ出せよ、しょんべん行きたいんだろ？　早くしねえと漏らしちゃうだろ？」

「エビスくん、なんでこんなことするん……」息を詰めて言わないと、ほんとうに漏らしてしまいそうだった。「なんで、ぼくのこと、いじめるん」

「なに言ってんだよバカ、おれら親友だろ？　親友が頼んでるんだよ、ほら、早くしろよ。ひろしくーん、お願いしますよ、一生のお願い、ちんぽ出して！」

一生のお願い。エビスくんはたしかにそう言った。エビスくんの一生のお願いを聞き入れたなら、今度はぼくが一生のお願いを口に出せる。そやな、ぜったいにそやな、間違うとらんよな、自分に訊き、答えが出る前に、半ズボンのジッパーに手をかけた。

「エビスくん、ぼくの頼みも聞いてくれる？」

「うん？」

「ぼく、ちんぽ出すさかい、次はエビスくんの番やで、な？　ぼくの一生のお願い、ひとつだけ聞いて」

ジッパーをおろし、パンツのなかに指を入れて、縮こまっていたおちんちんをひっぱりだした。噴水の小便小僧のように腰を前に突き出して、親指と人差し指と中指でつまんだおちんちんを振った。泣いてしまうだろうかと思ったが、勝手に頰がゆるみ、へらへらと笑った。教室が静まり返る。ほんとうに話し声が消えたのかどうかはわからないが、記憶のなかでは、ここから先の光景に音はない。

エビスくんが体の位置を変えた。ぼくの正面に立った。クラスのみんなの視線をさえぎるように大きな体をひとまわりもふたまわりも広げて立ちはだかり、怖い顔でぼくをにらみつけた。頰の肉はどこへ消えてしまったのか、白目がちで吊《つ》り上がった目が端から端まではっきりと見えた。もういいよ、やめた、エビスくんの口が動く。おちんちんを早くパンツのなかにしまえ、と顎《あご》をしゃくる。ぼくが言われたとおりにすると、プロレスのヤシの実割りをするような格好で乱暴に椅子《いす》に座り、あとはもうそっぽを向いたままだった。

音が戻ったのは、限界まで来たおしっこをつま先立ってこらえながら、一生のお願いのことをもう一度確認しようとしたときだった。

「言っとくけど、おまえまだ歩いてないからな、約束なんて関係ないぞ」

全身からいっぺんに力が抜けてしまい、下腹をあわてて引き締めたが遅かった。じゅっ、という音とも熱さとも感触ともつかないものがおちんちんの先に広がり、パンツの前のほうが急に重くなった。ほんの少しだけ。幼稚園の年少組のとき以来、だった。

その日、病院からの帰り道に浜ちゃんといっしょになった。学校で禁止されているドロップハンドルの自転車に乗った浜ちゃんは「奇遇やのう」と笑ったが、浜ちゃんの家は病院のある岬とは正反対の方角だし、背後から声をかけてきたのも、岬の一本道から国道のバイパスに出てすぐ、まるで交差点で待ち伏せをしていたようなタイミングだった。

浜ちゃんはぼくに追いつくと、サドルから尻《しり》をずらして荷台に座った。両手を突っ張ってハンドルを支え、自転車を蛇行させる。ぼくの自転車に横からぶつかりそうになり、すぐに離れ、また近づいてきて、遠ざかる。

「おう、ひろし」

凄《すご》みを利《き》かせて言ったつもりでもまだ声変わりしていないので、アニメのネズミみたいな声だ。そこがエビスくんとの違いだった。

「自転車通学か。ええ度胸しとるの」

前輪を横から蹴られそうになり、あわててハンドルを切ってよけた。

「危ないやん」

「アホ。最初から届かへんわ、わい短足やさかい。ほんま臆病《おくびょう》なやっちゃの」

浜ちゃんはあきれたように笑い、ぼくも苦笑いを返して、そこから先は並んで走った。浜ちゃんと二人きりで話すのはひさしぶりだ。なんだか、正月にしか会わない従兄弟《いとこ》と「こどもはこども同士で遊んどき」と同じ部屋に入れられたときのような気分だった。

「あのな、浜ちゃん、言うとくけど、自転車通学は藤田せんせに許可貰《もろ》うとんねん。黙って乗っとるんと違うねんで」

「わかっとるわい」

「大学病院に通わなあかんねん、ほら、ぼくの妹……」

前輪を、今度はほんとうに蹴られた。ハンドルをとられ、道の脇《わき》の田んぼに落ちそうになった。なんとか体勢を立て直し、なにすんのん、と唇を尖《とが》らせると、浜ちゃんはぼくよりもっとむっとした顔で言った。

「わかっとる言うとるやないけ、そんなん知っとるんじゃボケ、ごちゃごちゃゴタク並べなや、男が」

そやね。黙ってうなずいた。ゴタク言うてもしゃあないもんな。

「エビスは知らんのやろ、自転車通学のこと」

「うん。ぼく、終わりの会がすんだらダッシュで帰るさかい」

「おまえ、わざわざ遠回りして藤田のそば通って教室から出て行くやろ」

「知っとったん?」

「あたりまえや。情けないもんやのう、先公の目の前ならいじめられん思うとるおまえも、先公がおったら手出しでけんエビスも、どっちも情けないもんや。男と違うで、そんなん。オトコオンナや、おまえら二人」

浜ちゃんの自転車は、また蛇行を始めた。ゴムのホーンをプカプカ鳴らしながら「親友いうんも、えらい難儀なもんやのう」と言い、「おう?」と尻上がりの声とともに自転車を近づけて、ぼくの反応をうかがうように顔を覗《のぞ》き込んでくる。

「親友やないよ。エビスくんが勝手にそう決めただけやねん」

「そやかて、ひろしもけっこう楽しそうやったで。ちんぽまで出して、ご苦労なこっちゃ」

にやにや笑いながら、小突くように顎をしゃくる。

「アホなこと言わんとき」ぼくは浜ちゃんの視線を払い落とそうとして、自転車のスピードを少し上げた。「毎日毎日、地獄やで」

「ほなら、ひろしはエビスが嫌いなんか？」

「嫌い、いうわけやないけど……」

「好きか？」

「いや、そない訊《き》かれても困るんやけどなあ」

「どっちやねん」

浜ちゃんは荷台から尻を浮かせてペダルを勢いよく踏み込んだ。ハンドルをいっぱいに左に切って、ぼくの行く手をふさぐ格好でブレーキをかける。ぼくも急ブレーキをかけ、片足を道路について体を支えた。身のこなしにワンテンポ遅れて、背中のランドセルの蓋《ふた》が躍った。

どっちやねん。ぼくも自分に訊いた。大嫌いに決まっとるやないか、そう言ってしまえば浜ちゃんも納得してくれただろうし、ぼくだってずっと気持ちが楽になったはずなのに。

浜ちゃんは自転車を止めたまま、笑いの消えた顔で言った。

「おまえ、自分が情けのうならんか？」

「なにが？」

「なんで菊治やらマルやらがおまえを助けんか、教えたろか。みんな、エビスの親父《おやじ》がやくざやからビビッとるんやないんや。おまえが、エビスになにされても怒らへんさかい、ほなわいらもほっとけばええ、て思うとるんや。わかるか？　必死になっとらん者《もん》を、なんでひとさまが手助けせなあかんのや」

「ぼくかて必死や。必死に辛抱しとるんやないか」

「おまえに辛抱してくれいうて、誰が頼んだ？　必死になるいうことは、もう辛抱きかへんようになるいうこっちゃ。違うか？」

　違う。必死になるから辛抱できるのだ。

「なあ、ひろし、いっぺんでええ、エビスに文句つけてみさらせや。一発ぐらいはどつかれるやろけどな、二発めからはだいじょうぶや。わいら、みーんな、ひろしの助《すけ》っ人《と》になったる。あのデブのきんたま、蹴り上げたるわい」

　浜ちゃんはサドルに座り直し、ペダルを踏み出す体勢を整えて、少しだけ照れ臭そうに「他の者《もん》はどうか知らんけど、わいは、そうする」と付け加えた。ぼくも、おおきに、と礼を言うのが照れ臭くて、ただ黙って小さくうなずいた。

「わいな、ひろしがガンジー呼ばれるの、ほんまは好かんねん」

　浜ちゃんはそう言って自転車をUターンさせた。肩をそびやかしたガニ股《また》で、阪神タイガースの野球帽をあみだにかぶり直して、ひとつ大きくホーンを鳴らす。

小学校の高学年になってからは付き合う友だちもそれぞれ変わって、めったに遊ぶことはなくなっていたが、幼稚園の頃のぼくと浜ちゃんは一番の仲良しだった。そして、小学校に入ってからの友だちには誰にも信じてもらえないのだが、あの頃のぼくは毎日のように取っ組み合いの喧嘩《けんか》をして、ときには浜ちゃんを負かすことだってあったのだ。ゆうこが生まれる前の話だ。「わいら、親友やで」と舌足らずな声で友情を誓い合ったことも、きっと何度かあっただろうと思う。


いまでも不思議でならないのだが、ぼくはどんなにいじめられてもエビスくんを恨まなかった。いじめられるのは、もちろん嫌だった。つらかったし、悔しかったし、恥ずかしかったし、なにより殴られたり蹴られたりすると痛くてたまらなかった。それでもエビスくんを恨んだり憎んだりはしない。我慢してそうなったのではなく、最初から恨みや憎しみが湧《わ》いてこないのだ。

宙ぶらりんになったままの浜ちゃんの問いに、いまなら、首をかしげながらではあっても答えられる。ぼくはエビスくんのことが好きだった。なんでやねん、と浜ちゃんの声が聞こえてきそうだ。けれど、記憶をたどり、あの頃の自分にいまの自分の気持ちをすり寄せてみると、やはり好きだったとしか言えない。

勘違いせんときや、浜ちゃん、ぼくホモともマゾとも違うで、そういう意味の好きやないねん。なんて言うたらええんやろ、足し算だけとは違うねんな、友だちいうたら。あいつにはこういうええところがある、ああいうところが好きやねん、足し算して仲良うなるのも友だちかもしれへんけど、ここが嫌なところや、あそこが好かん、引き算して仲良うなる友だちもおってええんやないかなあ。だって、エビスくん強いんやもん、強いひとは引き算してもええねん、わがままでも乱暴者でもええねん、阪神の江夏さんやプロレスのデストロイヤーかてそうやろ。ぼく、男の子やさかい、強いひとのこと好きやねん。

アホか、と浜ちゃんは笑い、ぼくも苦笑いを返すだろう。浜ちゃんは強いひとやから、わからんかもしれへんな。これは、こころのなかでだけ、つぶやくだろう。

翌日からもいじめはつづいた。エビスくんは思いつきの意地悪を次々に仕掛けてきて、目を頬にめり込ませて上機嫌に笑う。ぼくは、頼みごとを切り出すきっかけすら見つけられずに、エビスくんの親友役をただ黙って務めるだけだった。

エビスくんの肩越しに、教室の隅に集まった浜ちゃんたちが見える。向こうも、ちらちらとこっちを盗み見ている。ピッチャーの牽制球《けんせいきゅう》を警戒する一塁ランナーのように、エビスくんが振り返ったらすぐにそっぽを向こうとしているのがわかる。

「笑えよ」とエビスくんが言い、ぼくは頰をゆるめる。「笑うな、バカ」と言われれば、あわてて笑顔をひっこめる。「ちょっと頭貸せよ、暇だから」と手招きされ、鼻を人差し指ではじかれる。目に映る風景がうるみ、その先で浜ちゃんたちの背中が揺れる。

みんなが顔をそむけているのは、エビスくんではなく、ぼくだ。

3

十月に入ると、学校じゅうが浮き立ちはじめた。運動会が近づき、放課後の自主練習が始まったためだ。運動会は、全学年をクラス順に縦割りして、赤、白、青の三組で総得点を競う。ぼくたちのクラスは白組で、入場行進の旗手も兼ねる白組キャプテンには浜ちゃんが選ばれた。

自主練習の初日、午後の授業が終わり藤田先生が教室を出るのを待ちかねて、浜ちゃんが教壇に駆け上がり、隣の教室にまで届きそうな大声で言った。

「男は騎馬戦の練習！　女は応援旗づくり！　ええの！　男は五分以内にグラウンドに集合せえよ！　遅刻したらどつきまわしたるぞ！」

どこから持ってきたのか、先生が体育の授業で使うメガホンで教卓を叩《たた》いて、「おらおら、はよせんかい」とせきたてる。応援合戦のために裏地に竜虎《りゅうこ》の刺繍《ししゅう》が入った兄貴の学ランまで用意する入れ込みようだった。こういうときの浜ちゃんには、素直に従うしかない。

だが、エビスくんはクラスの連中がそそくさと立ち上がるのをよそに、いつもの無表情で、おそらくわざとゆっくりした仕草で、ランドセルに教科書やノートをしまっていった。

「おい、なんや、おまえ」浜ちゃんが教壇から見とがめて声を凄ませた。「まさか帰るつもりやないやろうの」

「帰るんだよ」とエビスくんは小馬鹿《こばか》にしたような軽い口調で答えた。

「ちょっと待てやこら、勝手な真似《まね》さらすな」

「どっちが勝手だよ。授業じゃねえんだろ、おまえに指図される筋合いはねえよ。バカじゃねえのか、おまえ」

静まり返った教室に、風船が割れるような大きな音が響いた。浜ちゃんがメガホンを思いきり黒板に叩きつけたのだ。

エビスくんはまったく動じることなく、隣のぼくを振り向いた。

「あいつ、また泣かされたいのかなあ。どう思う?」

「ひろしは関係ないやないけ!　こら、エビス、ぶっ殺すぞ!」

「うるせえなあ、蹴《け》り入れられたらすぐ泣くくせによ」エビスくんはぼくを見たまま、笑った。「なあ、ひろし、弱い犬ほど……なんて言うんだっけ、おまえ国語得意だろ、教えてくれよ。あいつみたいに弱い犬って、どうするんだっけ」

「エビスくん、もうやめようや、な?　みんな仲良うしょうや、頼むわ」

「いいから、ちょっとおまえ前行ってさ、あのバカ殴ってこい」

上履きのつま先を踏まれた。エビスくんは右手にコンパスを握っていた。六時限めの算数の時間に、半ズボンの上から何度も太股《ふともも》を針で刺された。エビスくんは針の先を確かめて、血がついてるぜ、と嬉《うれ》しそうに笑ったのだった。

教壇の上では、怒りで顔を真っ赤にした浜ちゃんが、こっちに駆け出そうとするのを今ちゃんと菊ちゃんと高沢に必死に押しとどめられている。

「ひろし!　殴れ!　かめへん、わいがすぐに行ったる、思いっきりどつきまわしたれ!」

「ほら、殴ってこいよ」エビスくんはコンパスを分厚い掌《てのひら》で握り、針の先だけ覗かせて笑う。「行かないんなら、入れ墨彫ってやろうか?」

ぼくは首を思いきり強く横に振った。首がちぎれてもいい。どうなってもいい。こんなのは、もう嫌だ。エビスくんからも浜ちゃんからも殴られてかまわない。そのかわり、どっちも殴りたくない。ぼくはエビスくんが好きだ。浜ちゃんが好きだ。強いひとのことは、みんな好きだ。ぼくはなぜこんなに弱いのだろう。ふと見たら、浜ちゃんまで泣き出しそうな顔をしていた。それがたまらなく嬉しく、同じぐらい悲しかった。

クラス委員の小沢が、とりなすようにエビスくんに声をかけた。

「なあ、エビスくん、騎馬戦はチームでやる競技やろ? 四人一組でやんねやさかい、エビスくんが休んだら他の三人が困ってまうねん」

だが、エビスくんは「関係ねえよ、そんなの」とせせら笑う。

「ぶっ殺すど!」と浜ちゃんが怒鳴るのをさえぎったのは、吉田智子さんの透き通った声だった。

「みんなちょっと聞いて。運動会のことも大事やけど、やっぱり個人の用事もある思うんよ。うちも、用事のないひとには全員参加してもらいたい思うけど、どうしてもうかなあ」

参加でけへん日とかある思うんよ。そういうの、前もって聞いといたほうがええん違

浜ちゃんもエビスくんも黙っていた。吉田さんも強いひとだ。将来は、ぼくは女優や歌手のほうがいいと思っているのだが、弁護士か学校の先生になりたいらしい。

吉田さんという頼もしい援軍を得て、小沢が少しだけ胸を張って教室を眺め渡した。

「そしたら、とりあえず今日、エビスくん以外にも練習に出られへんひとがおるんやったら、手ェ挙げてください」

「裏切り者はエビスだけや！」と浜ちゃんがいらだたしげに言った。

ぼくはうつむいて、目をつぶる。ゆうこの顔が暗がりに浮かび上がる。

「ええか！　一人が勝手なことさらしたら、みんなが迷惑すんねやど！」

浜ちゃんの声が、ぼくだけを狙《ねら》って突き刺さってくるような気がした。

「誰もいませんか？　そしたら、エビスくん以外は全員参加いうことで……」

小沢の言葉は途中で止まり、ぼくは目を開けて、顔の横にあいまいに挙げていた手を降ろした。

「あ、そうやね、相原くん、あれやもんね」

吉田さんがつぶやくと、まわりにいた女の子たちが「あれってなに？　智ちゃん、

教えて」と訊《き》いてきた。ぼくを振り向く子もいる。ささやき合う子もいる。吉田さんは困った顔で口ごもったが、かわりに女子で一番おしゃべりな藤井さんが椅子《いす》から腰が浮き上がるみたいに勢い込んで「あのね、相原くんて、おうちが大変なんよ……」と言いかけた。

それをさえぎって、浜ちゃんがメガホンで黒板を叩いた。さっきよりさらに大きな音が響き渡り、チョークの粉がぱあっと舞い上がる。浜ちゃんの左右では、菊ちゃんと高沢と今ちゃんが、鼻や頬や脇腹《わきばら》を押さえてうめいていた。

「女は黙っとれ！　どブスが偉そうにしゃべるな！」

「ちょっとなんなん、浜本くん」

気色《けしき》ばんで立ち上がった藤井さんを、吉田さんが「フッちゃん、気にせんとき、いつものことやん」と制した。

浜ちゃんはもう一度メガホンで黒板を叩き、教室じゅうをにらみつけた。

目が合った。おおきに、とぼくは小さく頬をゆるめた。ほんま、おおきに、やっぱり浜ちゃんや、男と男の友情や。

だが、浜ちゃんはぷいと顔をそむけ、痰《たん》のからんだような声で言った。

「キャプテンの命令や。裏切り者とはもう口きくなよ、ええの」

そして、もっとしわがれた声で付け加える。
「おまえら、わかっとるの、裏切り者は二人やで」
エビスくんはぼくを見てにやっと笑い、コンパスの針で半ズボンの裾《すそ》を軽くつつい
た。まるで、ぼくたち二人の友情を確かめ合うみたいに。
その日を境に、ぼくはエビスくん以外のクラスの男子の誰からも口をきいてもらえ
なくなった。
それでも、ぼくは浜ちゃんが好きだった。エビスくんが好きだった。吉田さんも好
きだし、生活指導には厳しいくせになにも気づいてくれない藤田先生のことも好きだ
った。最初は浜ちゃんに脅されてしかたなく、やがて面白がってぼくを無視するよう
になったキーやんや菊ちゃんたちもみんな、好きだった。
ぼくは、ぼくの出会うひとすべてを好きになりたかった。なぜだろう。ゆうこを見
ているせいだろうか。
ゆうこは、病院の外に友だちがいなかった。病気のせいで幼稚園に通えず、この四
月に入学した小学校にも、けっきょく二カ月足らずしか登校できなかった。六年生の
教室とは別棟の校舎の一階、一年生の教室に沿った廊下を通りかかるとき、ぼくはい

つもランドセルの並ぶ棚に目をやる。一学期の終わり頃は、ゆうこの棚は空っぽだった。交通安全の黄色いカバーのかかったランドセルが行儀よく枡目《ますめ》に収まっているなか、ぽつんと、一粒だけくりぬいたトウモロコシのように、ゆうこの棚が空いていた。二学期が始まってしばらくすると、そこには夏休みの工作の宿題がいくつも放り込まれていた。〈あいはらゆうこ〉の名札シールを剝《は》がしたり落書きをしたりする奴《やつ》がいたら、思いきりぶん殴ってやろう。できもしないくせに、そう決めていた。

正式な学校なのかどうかは知らないが、ゆうこは七月に入院してから、体調の良い日には大学病院の一室に設けられた院内学級で勉強を教わるようになった。七月の時点では、一年生は五人いた。約三カ月の間に亡《な》くなった子が二人、病気が治って退院した子が一人、新たに入ってきた子が二人。亡くなった二人のうち一人は、ゆうこといっとう仲良しだった美奈《みな》ちゃんという女の子だ。八月の末に、尿毒症で亡くなった。翌朝ゆうこが泣きながら描いた「げんきでね」と手を振るドラえもんの絵は、美奈ちゃんのお父さんが柩《ひつぎ》に納めてくれたのだという。

友だちが死んでしまうというのは、そして死んでしまうかもしれない友だちと出会い、付き合うというのは、どんな気分なのだろう。マンガやテレビで観《み》て、だいたいこんな感じだろうと思っていても、ぼくが「わかる」と言っては申し訳ないような気がする。

ぼくは友だちがみんな好きだ。誰にも死んでほしくない。いま友だちが元気に生きているということが、嬉しくてたまらない。その嬉しさが、いつまでもつづいてほしかった。友だちにかぎらない、バスの運転手さんも、スーパーマーケットでレジを打つおばちゃんも、本屋のおばあちゃんも、クリーニング屋のおじさんも、隣の柴犬《しばいぬ》のチビも、鳥も、魚も、虫も……とにかくみんな、丸ごとみんな、好きになりたかった。きっと、あの頃のぼくは、胸に抱えきれないほどの大きな片思いをしていたのだろう。

誰に？

笑わんといてくれるか。

宇宙に。

ゆうこの容体が急に悪化した。朝からの微熱が夕方になってもひかず、陽が暮れかかった頃から気胸の症状も出はじめた。

「だいじょうぶだいじょうぶ、いつものことやから、すぐに良うなるわ」

母はゆうこの額の汗を濡《ぬ》れタオルで拭《ぬぐ》いながら、誰にともなくつぶやいた。このままだと今夜のうちに設備の整った別室に移され、さらに危険な状態になると集中治療室へ運ばれるはずだ。夏休みのビデオテープを再生しているようなものだった。

ゆうこはぼくが病室に来ているのを知ると、熱でうるんだ目をせいいっぱい見開いて、あえぐ息にかすれ声を乗せた。

「今日も、エビスくん、あかんの」

語尾を持ち上げる力すら、なくなっている。

ぼくはベッドの脇で膝《ひざ》を折ってゆうこと目の高さを同じにして、「明日や」と言った。

「明日来るいうて約束したんや。ほんまやで。せやから、ゆうこ、おまえなにやってんねん、せっかく明日会えるのに、具合悪うなったらあかんやないか。がんばれよ、明日会えるんやで。楽しみやろ、なあ、明日、エベッさんになにお願いしたい？」

ゆうこは熱と息苦しさで紅潮した頬をかすかにゆるめ、「わからへんよ、まだ」と瞬《まばた》いた。

「考えとかなあかんやんか。せっかく来てくれるんやから」

「どんなん、でも、ええの？」

「おお、なんでもええぞ。遠慮なんかするな。相手はエビスくんやからな、エベッさんの子孫や、神さまなんや。どんなことでも聞いてくれる、ほんまやで。なんがええ？」

看護婦さんが容体の確認に入ってきた。いつもは冗談ばかり言う陽気なひとなのに、今日はこわばった顔で、ぼくの会釈《えしゃく》に気づいてもくれない。

「お兄ちゃん……」と口を開きかけたゆうこを、母が「しゃべったらあかん」と制した。看護婦さんはゆうこの脈をとり、体温計を腋《わき》の下に差し入れながら、今夜の当直態勢を母に伝えた。当直医だけでなく、ゆうこの主治医でもある医局長も待機することになったという。

体温は三十八・六度。看護婦さんは「またちょっと上がってしもたなあ」と眉《まゆ》をひそめ、ナースコールのボタンのありかを確認するように枕元《まくらもと》をちらりと見てから、足早に部屋を出ていった。

ドアが閉まるとすぐ、ゆうこが再びぼくを呼んだ。さっきよりもずっと細い声だった。ぼくはゆうこの顔に耳を寄せて「お願いすること決まったか？」と言った。顎《あご》が小さく、縦に動く。息遣いに、ぜえぜえ、と濁った音が交じる。

「ひろし、もうやめとき」母が強い口調で言った。「しゃべって咳《せき》が出たら困るやないの。明日でええやない」

　ぼくはゆうこの顔を見つめて、「あかん」と言った。

「なに言うてんの、あんた。ゆうちゃん具合悪い言うとるやないの。わからんのか?」

「わかっとる。でも、いま決めてほしいんや」

「勝手なこと言わんとき。ほら、そこどいてあげな、ゆうちゃん息が苦しい言うてるやないの」

「いま決めなあかんのや」

「ひろし、どないしたん……」いったん跳ね上がりかけた母の声はすぐにしぼみ、涙交じりのものに変わった。「なあ、お母ちゃん困らせんといてえな」

　ゆうこは目を開けているのかつぶっているのか、息遣いに合わせて揺らぐまつげに隠れて、瞳《ひとみ》が見えない。唇は熱でひび割れて、頬の表面には網のように細く血管が透けていた。長い夜になる。父も仕事を終えるとすぐに駆けつけてくるだろう。容体がこの段階で踏みとどまってくれるのか、集中治療室で何日も過ごすようになるのか、それとも、もうこの部屋に戻ってくることはないのか、いまはなにもわからない。だから、聞いておきたい。声がぼくの耳に届かなくてもいい。ゆうこに言わせたい。欲しいもの、やりたいこと、夢見ていること、なんでもいい、ゆうこに持っていてほしかった。

「エベッさんが来るまでの辛抱や。だいじょうぶや、ゆうこ、エビスくん神さまなんやさかい、なにお願いしてもええんや。明日、お兄ちゃんといっしょにエビスくんにお願いしようや。なにがええ？　なにが欲しい？　なんでもええさかい、言うてくれ」

ゆうこは顔をゆがめ、胸を圧《お》しつぶす重しを少しだけ浮かせて、息のない声で言った。

「美奈ちゃんにな……もういっぺん、会いたいなあ」

頬の動かない微笑《ほほえ》みが浮かぶ。アホか、ぼくも声や表情をうしなったまま答える。アホなこと言うな、アホや、おまえ、なにしょうもないこと言うてんねん。

「やっぱり、あかんわ、急に、言われたかて、なんも、思いつかんよ」途切れ途切れの声が、ぼくの耳にすがりつく。「でも、なんかある、考えとく」

「そうや、考えといてくれ、約束やで、お兄ちゃんも今度はぜーったいに約束守るさかい、指きりや、な、嘘《うそ》ついたら針千本呑《の》ますで、ええな」

「もう、呑んどる、わ、うち」

ゆうこは自分の喉《のど》に指先をあてて、額やこめかみから汗を絞り出すように顔をしかめた。唇が、また動く。しゃべろうとしたのではない、口を閉じることもできなくなったのだ。息を吸い込むときの音が変わる。濁りが消え、笛を吹くような甲高い澄んだ音になる。七月の終わりに意識不明になったときと同じだ。

母が枕元の壁に抱きつくようにして、ナースコールのボタンを押した。まだインターフォンがつながらないうちから、はよ来てください、はよせんせ呼んでください、と泣きながら繰り返す。

廊下から看護婦さんが駆けてくる足音と、ゆうこを運び出すためのストレッチャーの車輪の音が聞こえる。

「神さまはおるんや、ぜったいにおるんや。お兄ちゃん、ずっとええ子やったさかい、ちゃんとごほうび貰《もら》えるはずや。な、ごほうび、くれはるんやで。待っときや、明日やで、明日、エベッさんが来てくれはるんやで！」

ゆうこは目をつぶってうなずいた。実際に首や顎が動いたかどうかはわからない。だが、ぼくにはわかる。ゆうこはたしかにぼくの声を聞き、明日が来るのを待っている。わかる。わからないわけがない。ゆうこは、ぼくの、世界でたった一人の妹なのだから。

日付が変わった頃、ぼくは父と二人で薄暗い外来待合室の長椅子に腰かけて、自動販売機の缶コーヒーをすすっていた。

ゆうこの容体は、真夜中になってようやく落ち着いた。熱も三十七度台に下がり、朝までに平熱に戻れば、集中治療室行きはまぬがれそうだった。

「ほんまにええんか、家に帰らんで」と造船所の作業服を着たままの父が訊いた。ぼくは「面倒やさかい、ええよ、ここで寝るよ」と答える。タクシーで帰ればいいと父は言ってくれたが、誰もいない真っ暗な家に戻るのが嫌だった。

「熱、明日までに下がるやろか」と訊くと、「だいじょうぶや、心配するな」と油と潮のにおいの交じった掌《てのひら》で頭を撫《な》でられた。自動販売機の明かりが父の顔をぼんやり照らし出す。いつもは造船所の近くの銭湯で汗を流してから病院に来るのだが、今夜はまだ顔に油が黒くこびりついている。もう少し明るければ、汗が乾いて顔じゅう塩をふいているのも見えただろう。夏の盛りには、眉毛が塩で真っ白に染まっていることも多かった。

父は少し黙って、コーヒーを一口飲んでから「ひろし、男の約束でけるか」と言った。

「なにが?」

「ゆうこに手術受けさせよ思うとるんや。大阪の、阪大《はんだい》病院あるやろ。そこに、ごっつええお医者さんがおらはるらしい。去年からアメリカに研究しに行かはっとったんやけどな、今年の暮れに帰ってきはるらしいわ。なんやお父ちゃん難しいことよう知らんけど、心臓移植やらもでける、偉いせんせらしいで」

「ほんま？」

「ひろしにホラ吹いてどないすんねん」

父はぼくの肩を軽く小突き、「おんなじ大学病院いうても、ここは私立やからな。あっちは阪大や。国立一期の、昔でいうたら帝国大学や。ええせんせ、ぎょうさんおんねや」と笑った。

「そのせんせに、手術してもらうん？」

「まだ、わからん。医局長が紹介状書いてくれはるんやけど、とにかく偉いせんせで忙しいせんせやさかい、どないなるかわからん。そやから、男の約束なんや。話が本決まりになるまでは、ゆうこにもお母ちゃんにも言うたらいけん。秘密やで、ええの」

「手術したら、ほんまに良うなるん？」

「医局長は、五分五分や言うてはった。せやけどな、ほっといて治る病気と違うねん。

このまま体が大きゅうなると、ゆうこの心臓、へばってしまうんや。言うてみたら、ポンポン船のエンジンでタンカー動かそうするようなもんやさかいな。その前に、どないしても手術しとかなあかんのや」

「お金、かかるんやろ？」

「こどもがそんな心配せんでもええ。だいじょうぶや、お父ちゃんかて一所懸命仕事しとるんやから」

また頭を撫でられた。さっきより乱暴な仕草だったが、そのぶん掌の厚みや節くれだった指の太さが心地よかった。おとなの掌だった。誰かのために働き、誰かのことをしっかり思って生きていくひとの掌は、大きく、温かい。ぼくの掌は、いつになれば父のような厚みと堅さを持つのだろう。

父は「冷え込んできたの」とひとりごちて、長椅子《ながいす》の背もたれに掛けてあったジャンパーをぼくに差し出した。ぼくは黙ってジャンパーの袖《そで》に手を通す。サイズはぶかぶかだったけれど、父は嬉《うれ》しそうに「ちょうどええやないか。お父ちゃん、もうすぐひろしに抜かれそうやのう」と言った。

「違うよ、まだぜんぜんこどもや、ぼく」

「そんなことない。もうおとなやさかい、お父ちゃん、ひろしと男の約束したんやないか」

「おとな違うよ。さっきお父ちゃん、こどもが金の心配せんでええ言うたやん」

「なにしょうもない屁理屈《へりくつ》言うてんねん」

母が待合室に入ってきたのを見て、父は腰を上げながら暗がりに腕時計を透かした。

「ちょっと休んどれや。わしがゆうこについとるさかい」

「すみません、じゃあ、三十分ほど……」

父と入れ替わりに長椅子に座った母は、ひとつ長いため息をついたあと、気を取り直すようにぼくを振り向いて笑った。

「もうすぐ運動会やろ、風邪ひいたらあかんで」

「だいじょうぶや」

「お父ちゃんもお母ちゃんもお弁当こさえて行くさかいな、かけっこがんばりや」

「ええよ、そんなの」

「だいじょうぶ、ゆうちゃんの世話はおばあちゃんに来てもらうさかい」

「来んでええて、ほんま」

「遠慮せんでもええやん」

「遠慮と違うよ」

ぶっきらぼうに答えるぼくを、母は疲れきった笑顔で見つめる。ぼくはもう母には目を向けない。見ると、つらくなる。髪の毛をかきむしりたくなってしまう。

「ぼくな……」つづく言葉を考えず、ただ沈黙の重みから逃げるために言った。「おじいちゃんとこに引っ越してもええで。そのほうがええやろ、ぼくのごはんのことやら洗濯のことやら心配せんでもええやん」

思いつきだったのかどうか、自分でもわからなかった。口に出して初めて、そういう手もあるんやなあ、と知ったようにも思ったが、ずっと前からそれを考えていて、やっといま話を切り出せたのだという気もした。

母は「アホなこと言いなさんな」と笑った。

「冗談で言うたんと違うよ、ぼく本気や。夏休みかてできたんやさかい、だいじょうぶや、ぼく、ちゃんとええ子でおるよ」

「なに言うてんの。だいいちあんた、おじいちゃんとこ行ったら、学校も移らなあかんのよ。転校してもええん?」

ぼくはうつむいて、「ええよ」と言った。エビスくんの顔、浜ちゃんの顔、吉田さんの顔、菊ちゃんの顔、小沢の顔、何人もの友だちの顔が目まぐるしく浮かんでは消えた。

お母ちゃん、ぼく学校でいじめられとんねん、転校生のエビスくんに目ェつけられて、毎日どつかれて、浜ちゃんらも口きいてくれへんねん……。喉元まで出かかった言葉を、言うな、言うたらあかん、と押しとどめているうちに、涙がこみあげてきた。

「なーんてな、あかんあかん、転校はあかんわ。アホやなぼく、気ィつかんかったわ。いまの話、なしな。おじいちゃんとこ行くのやめるわ」

しゃくりあげながら笑った。うわずった声は、母の耳まで届いたかどうか、わからない。

母はなにも言わず、なにも訊《き》かず、ぼくの肩を抱いた。ぎゅうっと、しぼるように強く抱いた。ぼくはうつむいたまま、膝に載せた小さくやわらかい握り拳《こぶし》をにらみつけた。

4

翌朝、睡眠不足の目をしょぼつかせながら昇降口で靴を履き替えていたら、クラスの女の子が吉田さんを先頭に数人連れ立って駆け寄ってきた。

「悔しゅうないん？　相原くんちっとも悪うないのに、こんなんおかしいわ、ぜったい」

吉田さんはぼくと向き合うなり、怒った声で言った。二重まぶたのくっきりした大きな瞳を見開いて頰をふくらませ、他の女の子と目配せし合ってからつづける。

「女子全員で相談したんよ。藤田せんせに話してみるわ、相原くんがエビスくんからも浜本くんからもいじめられてます、て。おせっかい思うかもしれんけど、うちら、もう辛抱たまらんのよ。このままやと相原くん、かわいそすぎるもん」

まわりの女の子もいっせいにうなずいた。小学六年生は、女子のほうが男子より体の大きい年頃だ。吉田さんたちのまなざしは上から下へ注がれる。

「な？　せんせに言うてええやろ？　学級会開いてもろて、みんなで話し合わなあかんよ」

ぼくはうつむいて、首を横に振った。

「なんで？　うちら、相原くんのこと心配してるんよ。なんで言うたらいけんの？」

言葉が出ない。どう説明すればいいのかわからない。ぼくはただ、首を横に振りつづける。

吉田さんの白いブラウスの胸元に、シュミーズのレースが透けていた。吉田さんは胸が大きい。ブラウスだとよくわからないが、体操服に着替えると、胸にプリントされた校章の菱形《ひしがた》が、吉田さんのだけ縦にも横にもひとまわりふくらんでいるのだ。

「智ちゃんなあ、相原くんのことほんまに心配したはるんよ」

吉田さんの隣にいた鳥山さんが言い、反対側の隣から、近藤さんが話を追いかけた。

「あのねえ、これ、いまは言わんとこ思うたんやけど、智ちゃん昨日もみんなに言うたんよ。相原くんの妹さんに千羽鶴《せんばづる》贈ってあげようや、いうて。ほんまよ、みんな、ほんまにあんたのこと……」

つづく言葉は、他の女の子の悲鳴でかき消された。吉田さんが廊下に後ろ向きに倒れ込むのが、スローモーションのように目に映った。スカートがめくれ、黒いブルマーが剝《む》き出しになった。それを見てやっと、ぼくは自分がなにをやってしまったかを知った。両方の掌に残るやわらかい感触は、吉田さんの胸のふくらみを思いきり押しつぶしたときのものだった。

「なにすんのん！」と近藤さんが吉田さんを抱え起こしながら金切り声をあげ、いままで黙っていた渡辺さんまで、ぼくをにらみつけて言った。

「相原くん、さっきからどこ見とったん？　うち、知っとるんよ。あんた、智ちゃんの胸ンとこ、ずうーっと見とったやろ。いまもブルマー見とるやろ。こいつ変態や！」

女の子たちの罵声《ばせい》を全身に浴びて、ぼくは外へ逃げ出した。「弱虫！」と誰かの声が背中に突き刺さる。吉田さんだったかもしれない。

昇降口から正門につづく通路を、登校してくる下級生に何度もぶつかりながら走った。走りだしてすぐ、右足は上履きで左足にはズックを履いたままだと気づいた。戻ろうか、思ったのは一瞬だけだった。

一年生なのか二年生なのか、ランドセルにカバーをつけた小さな男の子が、走ってくるぼくをよけようとして転んだ。ぼくは立ち止まりも振り向きもせず、走りつづけた。目は開けていたが、なにも見てはいなかった。空の青さだけ、目から胸へ滑るように染《し》みていく。神さまなんてどこにもいないんだ、と思った。いくら我慢しても、いくらいい子になろうとがんばっても、神さまはぼくを苦しめたり悲しませたりするばかりだ。そんなもの、神さまでもなんでもない。

輪郭のぼやけた正門が近づいてくる。門の前の横断歩道が青になり、顔を見分けられないたくさんの男の子や女の子が、よーいどんの号令を受けたみたいに、こっちに向かって歩いてくる。

「ひろし！」

すれ違った数人の人影のなかから、声が聞こえた。浜ちゃんや、浜ちゃんの声や。

ぼくは走る速度をゆるめて後ろを振り向き、目の焦点を合わせた。

「おまえ、なにやってんだよ、どっか行くのか?」

きょとんとした顔でぼくを見ていたのは、エビスくんだった。あたりまえや、声、ぜんぜん違《ちご》うとったやないか。

勘違いに失望するより先に、ぼくはまた全速力で駆け出した。校門を抜けて青信号の点滅していた横断歩道を渡ったとき、ゆうことの約束を思い出した。だが、引き返す気になれない。これからどこに行くかも考えられない。ここ以外のところなら、どこでもいい。

「ひろし! ちょっと待てよ!」

エビスくんが追いかけてくる。ぼくは前を向いたまま「ついてくるな!」と怒鳴った。

「なんだよおまえ、なに怒ってんだよ」

「あっち行け!」

「待てって、こら、ひろし、蹴《け》り入れるぞ、バカヤロウ」

エビスくんの声はあっというまに背中のすぐ後ろで聞こえるようになった。

また横断歩道に出くわした。国道のバイパスだ。今度の信号は赤だった。右に曲がるか左に曲がるかちょっと迷い、そのぶんスピードがゆるみ、エビスくんの大きな体が背後に覆《おお》いかぶさってきた。ぼくは足を止め、身をよじりながら目をつぶり、自分でもなにを言っているのかわからない大声をあげて、右腕を下から思いきり振り上げた。

手ごたえが、あった。体育のマットのような堅さ。拳がはじかれる、と感じた直後、意外なほどあっけなく拳はマットにめり込んでいった。目を開ける。エビスくんの顎《あご》と喉《のど》の境目に、ぼくの拳がある。アッパーカット。『あしたのジョー』で力石徹《りきいしとおる》が矢吹丈をノックアウトした、あの必殺パンチが決まったのだ。

拳をはずそうとしたが、全身が硬直してしまったみたいで、腕も足も腰も首も顔も動かない。エビスくんがうめきながら、ぼくの腕を払いのける。つっかえ棒がはずれた格好になり、そのままエビスくんは路上に両膝《りょうひざ》をつき、顎を両手で押さえてうずくまった。

ぼくはエビスくんのそばに立ちつくして、握り締めた右の拳をぼんやり見つめた。震えている。拳だけではない。腕ごと、肩から痙攣《けいれん》をおこしたように震えていた。

エビスくんが顎を押さえて立ち上がる。殴られる覚悟は、とうに決めていた。殺されるやろか、もうええわ、どないでもしてくれえ、と歩きだした。体の重みが感じられない。右足と左足、上履きとズックの靴底の厚さの違いが、むずがゆさをふくらはぎから腰へ伝える。何歩か進んだところで、やっと拳を開くことができた。血がせき止められて青白くなっていた掌に、ぱあっと赤みが差していく。エビスくんはまだ殴りかかってこない。ぼくは青空をにらみつけて歩きつづけた。空に波が広がる。学校の始業のチャイムが鳴る。思ったより遠くから聞こえた。チャイムの尻尾《しっぽ》の低い響きが耳にもぐり込み、湿り気にからめとられて消えた。空が揺れる。雲の白がにじむ。夏の名残の入道雲は、すべて鰯雲《いわしぐも》に変わっていた。

エビスくんはぼくを殴らなかった。黙って、ときどき顎を押さえて舌打ちしながら、ぼくの少し後ろをついてきた。なにしとんねん、はよ殴ればええやん。ちっとも怖くない。蹴られてもいいし、つねられてもいいし、コンパスで後ろから刺されたってかまわないのに、エビスくんは今日にかぎってなにもしない。最初はそれをいぶかしく思い、けれど歩いているうちにどうでもよくなって、しまいにはたくましい家来を引き連れた王様みたいな気分にさえなった。

ごめんな。王様の、偉さではなく寂しさを胸に、ゆうこに謝った。お兄ちゃん、嘘《うそ》つきやねん。エビスくんを殴ってもうた。きっと、頼んでも無理や。でも謝らへんぞ、男の子はぺこぺこしたらあかんのや。どうせ、こんな奴《やつ》、エベッさんの子孫でもなんでもあらへん。ただのデブの、アホやんか……。

トラックやダンプやトレーラーがひっきりなしに行き交うバイパスは、町の中心地を避けて通っているため、昼間の歩行者はほとんどいない。おかげで、コンテナ倉庫の立ち並ぶ港のはずれまでの一時間ほどの道のりを、誰にも呼び止められることなく歩きとおすことができた。

倉庫街を抜けるとバイパスはT字路になる。右へ折れれば大学病院のある岬へ、左なら造船所。突き当たりは、海だ。

ぼくはまっすぐ、背丈より高い防波堤の階段をのぼった。足をさらにもう一歩踏み出せば、海へまっさかさまに落ちる。両端を岬と造船所の突堤に切り取られていても、海はじゅうぶんに広い。空よりも深みを帯びて、わずかに緑も交じった青が、どこまでもつづいている。潮のにおいを含んだ風は思いのほか強く、波もうねっている。沖合のテトラポッドに波がぶつかってはじけるたびに、大きな太鼓を鳴らすような音が響き渡る。その音を聞くともなく耳に流し込み、足元の海面が揺らぐのをぼんやりと見ていると、体の重みが足から抜けてしまいそうになる。

「おい、危ねえぞ」

階段の下から、エビスくんが初めて口を開いた。声がかすれ、妙に高く聞こえたのは、喉がまだ痛んでいるせいかもしれない。

なんでついてくるねん、学校サボるんは不良やで、藤田せんせにびんた張られても知らんで、アホやな。ぼくはエビスくんに背を向けたまま短く笑い、縄跳びをするようにその場でジャンプした。何度も何度も、跳んだ。水平線が押し下げられ、空が広くなる。こめかみがすうっと涼しくなり、今度は水平線が迫《せ》り上がる。死んだろか、死んでもうたろか。上履きとズックの靴底の厚さと重みの違いがジャンプの軌跡を微妙にゆがめ、ひとつ跳ぶごとに、ひとつ着地するごとに、ぼくの体は少しずつ前へ前へずれていく。

「海に落ちるぞ、おまえ、危ねえって、ほら」

嘘みたいだ。エビスくんがぼくを心配してくれている。優しいやん、エビスくん。ほんまは、きみ、ごっつ優しいいん違うか？　嘘やけど。

ははは、はっと声を出して笑い、ひときわ高く跳んだ。海と空、それぞれの青がにじんでひとつになった瞬間、ランドセルの蓋《ふた》のマグネットがはずれた。ジャンプに合わせて跳ねた教科書やノートが、そのまま宙空に飛び出した。

「あかん！」と叫ぶぼくの声と、エビスくんの「バカ！」が重なった。

着地と同時に両手と両膝を防波堤につき、海を覗《のぞ》き込んだ。いったん沈んだ筆箱が、ちょうど浮かび上がったところだった。目をこらすと教科書やノートも何冊か水面近くに漂っていたが、手を伸ばして届く距離ではなく、やがて波がすべてを巻き込んで再び海中に沈め、それっきりだった。

どれくらい時間がたっただろう。防波堤にひざまずいて揺れる海を見つめているうちに、背筋に鳥肌がたち、膝が震えはじめた。いままで感じなかった恐怖が、後悔や絶望を押しやって胸を内側から叩《たた》きはじめる。ジャンプどころか立ち上がることも、もうできない。後ずさって階段を降りようとしても、膝小僧がコンクリートにめり込んでしまったように、まったく動けない。

「おい、どうした」とエビスくんが訊く。なんでもない、と答えることもできない。声を出すと、いっしょに体の重みも口から抜け出てしまい、そのまま海に落ちてしまいそうだった。

「降りられないのかよ」

バランスを崩すのが怖くて首を振ることすらできず、あう、とうめいた。エビスくんの腕が、後ろから半ズボンのベルトをつかむ。膝と掌《てのひら》が防波堤から浮き上がったあとは、体をエビスくんにすべて預けた。太い腕と盛り上がった胸がぼくを受け止める。

エビスくんは路上にへたり込んだぼくの前にしゃがみ、「バカかおまえ」と笑いながら頰にびんたを張った。ビチャッという音が内側から耳に突き刺さり、左の頰が熱くしびれた。けれど、ぜんぜん痛くない。麻酔をかけて虫歯を抜くときのように、いまごっつ痛いんやでと頭のなかではわかっていても、その痛みを受け止める場所がどこにもない。

「忘れるなよ。さっきのあれ、まぐれなんだからな。おれが本気出したらおまえなんか殺しちゃうんだからな、調子に乗って、いい気になるんじゃねえぞ」

わかってる。頰をさすりながらうなずいた。エビスくんに勝てるわけないやん、エビスくんはぼくなんかに負けたらあかんのや。

造船所のサイレンが聞こえた。午前十時。学校では二時限めが始まっている。算数の時間だ。ぼくはゆっくりと立ち上がり、雲が薄くたなびく空を振り仰いだ。両頰から掌をはずす。頰にまとわりつく熱やしびれを海からの風が剝《は》がし取っていくのが気持ちよかった。

まなざしを空から少し降ろすと、黄土色の岩壁の上に松林が載った岬が見える。松林の間に見え隠れしている白い建物が大学病院だ。

「どこ見てんだよ」とエビスくんに訊《き》かれ、ぼくは目を動かさずに言った。

「妹が、あそこにおんねん。赤ん坊の頃からなんべんもなんべんも入院して、いまも入院しとるんや。あそこ、半分ぼくの家やねん。お母ちゃんも、お父ちゃんも、ずうーっとあそこにいてはんねん」

「なんだよ、それ。妹、病気なのかよ」

「なあエビスくん、きみのご先祖さん、エベッさん違う？」言葉が、軽く、ふわっと唇から離れて宙に浮いた。「きみ、エベッさんの子孫と違う？ ご先祖さん、神さまやったんと違う？ 家のひとにそういうの聞いたことない？」

「あるわけねえだろバカ。それより、おまえの妹どこが悪いんだよ」

「エビスくんとぼく、親友なんやろ」

「そんなの関係ねえだろ。おれが訊いてんだよ、ちゃんと教えろよ」

「親友やろ？ ぼくら」

「生まれつき具合悪いのか？ ケガなのか？ 病気か？」

「ぼくら親友やな！ ぜったいに親友やな！ ええな！」

エビスくんは目を小刻みに瞬《まばた》き、ふてくされたようにうなずいた。

ぼくは粘ついた唾《つば》を呑《の》み込んで、想像もつかない針千本の痛みをせいいっぱいになぞってみた。赤く染まったゆうこの顔、色が抜けて青白くなったゆうこの顔、息を吸って吐く、もう一度吸って、止める。そしてまたゆっくりと吐き出して、言った。

「お願いがあんねん、きみに。一生のお願いやさかい聞いてほしいんや。もし聞いてくれたら、明日からぼくのことどんなにいじめてもええ。殴っても蹴っても殺してもかめへんさかい、いっぺんだけ、ぼくの頼み聞いてほしいんや」

「なんだよ、それ」

「神さまになってんか。エベッさんの子孫になって、妹に会《お》うてやって」

アホや、と頭の奥で声が聞こえる。だが、やっと言えたやんか、と同じ場所から別の声も届く。ふたつの声をかき混ぜるように、ぼくは早口でつづけた。

「妹な、エビスくんにごっつ会いたがっとんねん。エビスくんのことエベッさんの子孫や思うとんねや。エベッさんは神さまやさかい病気治してくれはるんや、いうて楽しみにしとんねん。今日だけ、いっぺんだけでええから、神さまになって」

「ちょっと待てよ、おまえ、なに言ってんだかわかんねえよ」

「約束したんや。嘘ついてもうたんや。エビスくんのこと神さまや言うてもうて、今日、お見舞いに連れていくから言うてもうて、アホやねん、ぼくアホやから、ゆうこに、なんでもええさかい楽しいこと考えといてほしかったんや。そうせんと、ゆうこ、死んでまうねん……ほんま、死ぬんや、ゆうこ、死ぬんや……」

本でその字を読むときとも、誰かが話しているのを聞くときとも違う。自分の口で言った「死ぬ」は、唇の外にこぼれるのではなく、喉の奥にねっとりと糸をからめながら、ぼくのなかにしたたり落ちていった。

しばらく間をおいて、エビスくんが言った。

「情けねえよな、おまえって、死ぬほど哀れだよ」

意地悪く言ったのではなかった。笑ってもいない。世間話のやり取りから一言だけ切り取ったような、静かで平らな口調だった。

ぼくは黙ってうなずいた。失望は、意外なほどなかった。最初から期待などしていなかった。ぼくはいま、からっぽのランドセルと同じだった。重みをうしなって、ただ背負っている感触だけが残ったランドセルのように、いまここに立っているのはぼくのからだだけだ。こころは、どこかへ消えた。空に舞い上がったのかもしれないし、海に落ちたのかもしれない。

アホらし。からっぽのからだに、誰のともつかない声が響き渡る。男だったか女だったか、おとなだったかこどもだったか、組み合わせを選んで、あれはゆうこの声なのだと決めた。

「なーんてな、いまの冗談やからね、気にせんといて。エビスくんの名前がエベッさんとおんなじやったさかい、こんなんおもろいん違うかな思うて、ちょっと言うてみただけやさかい」

ゆうべと同じやな。そう気づくと、勝手に笑い声が出た。アホらし。ゆうこはいつも、こんなふうに、自分の胸に浮かぶことをひとつひとつつぶしていたのだろう。

「ごめん、エビスくん、さっきのこと忘れたって。な、ぼくってほんまアホやろ、情けないやろ、哀れや思うわ自分でも、かなわんなあ……」

エビスくんの右手が動くのが見えた。その直後、左目の前が真っ暗になり、光がはじけ飛んだ。びんたをくらった。さっきとは違って、今度のは痛かった。それこそ死ぬほど痛かった。頬だけでなく耳の奥までじんとしびれ、鼻が詰まった。顔の左半分を両方の掌で覆って、その場にしゃがみ込んだ。立っていたら目まいで倒れてしまいそうだった。

エビスくんはぼくを残して、さっさと歩きだした。

バイパスを、岬のほうへ。

足を止めずにぼくを振り向いて、「道、どう行くんだよ。教えろよ」と言った。

5

エビスくんがゆうこの掌をそっと握る。だいじょうぶ、だいじょうぶ、と言うように大きく何度もうなずく。

薄目を開けたゆうこに、エベッさんの子孫の顔が見えていたかどうかは知らない。ゆうべの高熱の名残でかさかさに乾いた頬でほんの少しだけ笑ったような気がしたが、それもぼくが勝手に思い込んでいるだけだ。

呼吸は一晩たってだいぶ落ち着いていた。熱も下がり、母に訊くと、「もし食べれるのなら」と出された朝食のおかゆも二口か三口すすったのだという。半ば眠り半ば目を覚ましたゆうこは、カーテン越しのしらじらとした陽射《ひざ》しに包まれていた。看護婦さんの出入りもなく、病室は静かだ。潮騒《しおさい》がかすかに聞こえる。いや、それもじつは天井の空調機の音だったのかもしれない。

寝てるんだな、とエビスくんがぼくを振り向いて笑う。

「ごめんな、せっかく来てくれたのに」

頭を下げて謝ると、エビスくんは笑顔のまま人差し指を唇の前に立てた。笑っていても、目が頬に隠れない。小刻みに瞬いているせいだ。

母は戸棚を探って、ぼくたちに出すお菓子を見つくろっている。ランドセルを背負ったままのぼくたちを見ても、最初に少し不思議そうな顔をしただけで、なにも言わなかった。ひょっとしたら藤田先生から連絡が入ったのかもしれない。嘘《うそ》や言い訳をするつもりはなかった。ひさしぶりに父や母に叱《しか》られてみたい、そんな気もした。

エビスくんはゆうこから手を離し、もう一度ぼくを振り向いて言った。

「治るよ」

おおきに。ぼくは目を伏せて笑い返す。

「おまえがいるから、治るよ、ぜったい」

ほんまかなあ、ようわからんなあ、神さまの言うことは。もう笑えなくなった。これ以上頬の力を抜くと、別の表情になってしまいそうだった。

エビスくんの唇が、声を出さずに動いた。さ・い・じょ・う・ひ・で・き。枕元《まくらもと》の壁、入退院を繰り返しても飾る場所はいつも同じだった〈西条秀樹〉のサイン色紙に顎《あご》をしゃくって、唇がまた動く。バーカ。目が頬の肉にめり込んだ。細い線の端っこが濡《ぬ》れていた。

「あのな、ゆうちゃんのお願いごと、ことづかっとるんよ」

母がクッキーの缶を戸棚から出しながら言った。

「お母ちゃん、ほんま?」

「ゆうべな、熱の一番高かったときに、言うとった」

母は袋入りのクッキーを数枚ずつ、先にエビスくんに、それからぼくに渡して、あらためてエビスくんを見た。嬉《うれ》しそうに、まぶしそうに、見ていた。

「エベッさん、よう聞いてな。おばちゃん、ゆうこの言うたまんま、言うさかい」

エビスくんは黙ってうなずいた。

「ゆうこな……ゆうべ、なんべんも言うた。せんせが黙っとき言わはっても、喉《のど》ぜえぜえさせながら……お兄ちゃんのことな、ひろしのこと……これからもずうっと、仲良うしたって、友だちでいたってください、て。お兄ちゃん、学校終わっても友だちと遊べんさかい、エベッさんが友だちでいてくれたらええなあ、て……」

アホや、ゆうこ、アホやおまえ。ぼくはどうしていいかわからなくなって、スリッパで床を踏み鳴らした。なんでそんなことお願いすんねん、いっぺんしか会えんのやぞ、エベッさん、いっぺんしか来てくれはらんのやぞ、お兄ちゃんのことお願いしてどないすんねやアホ。

エビスくんは母に言った。

「ぼくら、親友です」

けれど、これからもずうっと親友です、とはつづけなかった。

その理由を、ぼくは病院を出たあと、岬の坂道を町に向かって下りながら知った。


「しょんべんしようぜ」

海に向かって突き出す格好のカーブを曲がったところで、それまで黙りこくっていたエビスくんが不意に道の脇《わき》の松林に入っていった。

「ぼく、ここで待っとるよ」

「いいから来いよ、てめえ」

怒った声だった。ゆうこの病室を引き揚げてから、エビスくんはずっと不機嫌そうな顔をしていた。話しかけても「うるせえ」と言うだけで、途中からは返事すらなくなり、ぼくが前に回り込もうとすると黙って頭をはたく。お芝居が終わっていつものエビスくんに戻ったようにも思えたが、それでもどこかが違う。今日は朝からおかしかった。そうや、おかしいやないか、いつものエビスくんと違うやないか、いろんなこと全部。

エビスくんはおしっこをぶつける場所を選んで、松林をどんどん奥のほうに踏み入っていく。「マムシ出るかもしれんよ」と声をかけたが、やはり返事はなかった。

「おまえ、ここでやれよ。おれ、こっちだから」

立ち止まり指さしたのは、窮屈そうに並んだ二本の松の木だった。エビスくんが右、ぼくが左。学校のトイレと変わらない間隔だ。

「男ってさ……」エビスくんは半ズボンのジッパーを降ろしながら言った。「連れしょんができるからいいよな」

「そうやね」とぼくもパンツのなかをまさぐりながらうなずく。立ちしょんではなく連れしょんと言ってくれたことが、なんだか嬉しかった。

エビスくんのおしっこが、勢いよく松の木の根元に飛ぶ。太い、一本の筋になっている。おちんちんは手で隠されていたが、黒いものがちらりと見えた。

ぼくはエビスくんから目をそらし、自分のおちんちんをパンツからひっぱり出した。つるんとした下腹の肌に潮風の冷やっこさを感じながら、おちんちんの付け根から力を抜く。細いおしっこの筋が、よく見ると二筋、縄のようによりあわさっている。勢いは、あまりない。幹まで届かず、枯れた松葉を敷き詰めた砂地に、黄色がかった水たまりをつくっていく。

「ゆうこっていうんだっけ、おまえの妹」

「そう。優しい子になってほしいいうて、ゆうこ」

「元気になる、ぜったい、これほんとだぞ」

「だとええね」

「なるんだよバカ、おれが言ってるんだから」

エビスくんは身震いしておしっこを終え、背中からランドセルを降ろしながらぼくの後ろに回ってきた。

「ちょっと待っといて、もうすぐ終わるさかい」

「いいよ、べつに」

「すぐ、すぐやから、な?」

おちんちんを見られまいとして背中を丸めると、エビスくんはぼくのランドセルの蓋《ふた》を開き、なかを覗《のぞ》き込んだ。「なんだよ、全部海に落ちてんじゃねえかよ」とあきれたようにつぶやいて、自分のランドセルから取り出した教科書をぼくのランドセルのなかに入れていった。

背中が重くなる。からっぽのランドセルに、いつもの、けれど妙に懐《なつ》かしい重みが満ちていく。

「残りの教科書も、ぜんぶおれの机ンなかにあるから」

エビスくんはそう言って、メンコを張るようにランドセルの蓋の先をマグネットの留め金にぶつけた。一発で留まった。吸いつくようにぴったり留まった蓋はもう勝手に開くことはない、はっきりとわかった。

「明日から使えよ」

「そんなん、あかんよ」振り向きたかったが、おしっこがまだ終わらない。「エビスくんかて教科書なかったら困るやん」

「いらねえんだよ、おれは」

「なんで？」

「転校するんだ」

「うそ……」

あわてて振り向いたはずみに、おしっこの最後のしずくが手を濡らした。エビスくんは「きったねえ、バカおまえ、こっち向くなよ」とあとずさって、おかしそうに笑いながら、足元の松ぼっくりを拾って次々にぼくにぶつけてきた。標的は、おちんちんだった。しわくちゃに縮まったおちんちんをパンツにしまいながら、身をよじり腰をかがめて松ぼっくりをかわしているうちに、ぼくも笑いだした。

「あ、おまえ、おれがいなくなるのがそんなに嬉しいのかよ」

「違う違う、エビスくん、やっぱり神さまやったんやなあ、て。な？　神さまやさかい、用がすんだら空に帰るんやろ。違う？　ピンポーンやろ？」

「バーカ」

「アーホやねん、ぼく」

「おまえ、ほんと、わけわかんねえ奴《やつ》だよな。なに笑ってんだよバカ」

簡単やんか。めちゃくちゃ悲しいから、笑うとんねや。

答えるかわりに、足元の松ぼっくりをひとつ拾って、エビスくんにぶつけ返した。

エビスくんはよけなかった。半ズボンの真ん中、おちんちんのあたりに当たった。

エビスくんは野球の審判の真似《まね》をして、「ストラーイク！」と言った。

ぼくたちは約束した。バイパスを歩きながら、教室に帰ったら引っ越す先の住所を教えてくれるよう、何度も何度も念を押した。指きりをしようとぼくが小指を差し出したら、エビスくんはむすっとした顔で「ガキみたいなことやらせるなよ」と言って、小指の先を狙《ねら》って唾《つば》を吐きつけた。それでいい。ぼくは一人で、指きりを成立させた。

「ほんまに教えてよ、忘れんといてよ。ぼく、ぜったいに手紙書くさかいな」

「わかってるって言ってるだろ、しつこいんだよてめえ」

「嘘ついたら針千本、な」

「早く歩けよ。給食終わっちゃうだろ」

「あと、駅まで見送りに行くさかい、ええやろ？」

「うるせえなあ」

「ぼくのこと、忘れんといて。親友なんやからね、約束やで、これも」

エビスくんは面倒臭そうに小刻みにうなずいて、何度めかに顔を上げたとき、まなざしを遠くへ投げ出したまま、「どうせ一生会わねえよ」と言った。

ぼくは少し考えてから、答えた。

「一生忘れんよ、ぼくは」

大型トレーラーが数台連なって、ぼくたちを追い越していった。ぼくの声が聞こえなかったのか、聞こえないふりだったのか、エビスくんの返事はなかった。繰り返そうかと思ったが、やめた。自分の口にした言葉が急に気恥ずかしくなったせいだ。

昼休みの教室には、女子しかいなかった。机を隅にどかしてつくったスペースに、模造紙を貼《は》り合わせた運動会の応援旗を広げ、手分けして絵の下描きをしたり色をつけたりしている。黒板に、浜ちゃんの下手くそな字で〈男はグラウンド！〉という殴り書きがあった。その横に、小さくキーやんの字で〈ひろしも〉。さらにその横に、これは菊ちゃんの字だ、〈戎も〉。

ドアのそばにいた鳥山さんが最初にぼくたちに気づき、「智ちゃん智ちゃん！　相原くん帰ってきはったよ！」と吉田さんを手招いた。

エビスくんはぼくの肩を後ろから押して、「おれ、しょんべんしてくる」とまた廊下に出た。

「さっきしたやん」とあわてて言うと、「うるせえな、おれの勝手だろ」ともう一度肩を小突くように押して、そのままトイレに走っていく。あとを追おうとしたら、その前に吉田さんたちが駆け寄ってきた。昇降口でぼくを取り囲んだ女の子が全員。吉田さんも鳥山さんも近藤さんも渡辺さんも、みんなすまなさそうにぼくを見ていた。

朝と同じように、吉田さんが話を切り出した。

「ごめんね、相原くん。うちら考えなしのこと言うてもうて……堪忍《かんにん》して」

「浜本くんに叱られたんよ、うちら」と渡辺さんが言い、近藤さんが「おまえらよけいなことするなって、めちゃくちゃ怒らはったん、あのひと」とつづけた。

「浜ちゃんが？」

吉田さんはこっくりとうなずいて、「いま、エビスくんと病院行っとったんやろ？

藤田せんせ、給食のときにそない言うてはったけど」と言った。

「せんせが、なんで……」

「せんせはクラスのことはなんでもわかるんやいうて、いばってはったわ。たぶんお母さんから聞かはったん違う?」

さっきから吉田さんの横で、くすくす笑いながら「あんた言い」「あんたが言うてあげたほうがええて」と肘《ひじ》をつつき合っていた渡辺さんと近藤さんが、話を引き取って交互に言った。

「それでな、おかしいんよ。浜本くん、せんせによけいなこと言うて叱られはったんよ」

「うちらに、わいがうまいこと言うたる、て見得切って、朝の会のときにせんせに言うたんよ。相原は風邪ひいて熱があるんで遅刻しますて電話がありました、て」

「せんせも最初は信じてはったんやけど、給食のときに、なに大嘘ついとんねやアホンダラァ、てゲンコ三発」

「痛そうやったわあ、うちらまで背中びくーってなったもんねえ」

「相原くん、いまのこと浜本くんに言うたらあかんよ。また、うちらが叱られるさかい」

二人の話に相槌《あいづち》を打っていた鳥山さんが、ふと思い出したように「気がつくかなあ」と言って、ベランダに向かった。ぼくたちが帰ってきたらすぐに知らせるよう浜ちゃんに頼まれたのだと、渡辺さんが教えてくれた。ぼくたち。ぼくと、エビスくん。あのデブ、ほんまにひろしの親友になったん違うか？　浜ちゃんの言葉を声色を使って再現してくれたのは近藤さん。

鳥山さんは、ベランダからグラウンドに向かって両手を大きく振った。応援旗の絵を描いていた中谷さんが「トンちゃん、これ振ったほうが目立つ思うわ」と真っ赤な色画用紙を持っていく。

「それでね、相原くん」

吉田さんが優しい声で、ぼくの視線をベランダから引き戻す。ぼくはもう吉田さんの胸を見ない。背丈のせいで少し上目使いになってしまうけれど、ちゃんと、吉田さんの顔と向き合った。

「相原くんは気ィ悪うするかもしれんけど、やっぱりうちら千羽鶴《せんばづる》を妹さんにプレゼントしたいんよ。病院に持っていくかどうかは任せるさかい、受け取るだけは受け取ってくれる？」

「おおきに」とぼくは言った。ゆうこ、ごっつ喜ぶ思うわ、ほんまにおおきに、とつづけたかったが、胸がつっかえて言葉にならなかった。神さまは、やっぱり、いる。信じ直した。ぜったいにいる。ほんまや。おまけにな、聞いて驚くなよ、ひょっとしたら神さまはぼくの親友になってくれはったんかもしれんのやで。

「ねえ、相原くん、ほっぺどないしたん」渡辺さんがぼくの左頰を指さした。「なんか、あざでけとるやん。痛ないん？」

エビスくんに殴られたんやろ。みんな、そんな顔でぼくを見ていた。

ぼくはかぶりを振り、ゆっくりと息を吸い込んで、言った。

「神さまに、びんた張られたんや」

きょとんとした顔の吉田さんは、きれいだ。学級会で司会をするときよりも、音楽の時間にピアノを弾くときよりも、いまがいっとうきれいだ。

「こらあ、ひろし！」

グラウンドから浜ちゃんの声が聞こえた。メガホンを使っている。吉田さんが、くすっと笑った。渡辺さんも、近藤さんも、ベランダから鳥山さんも、みんな、笑った。

「はよ下りてこんかい！　騎馬戦の馬が足らんのや！」

それから。

「エビスもはよ来い！　いまから赤組と練習試合やんねや！　わりゃ、秘密兵器やろが!」

吉田さんが「ほら、待ってはるよ」と嬉《うれ》しそうに言い、近藤さんが「エビスくんも連れていかな、浜本くん、怒らはるやろうなあ」といたずらっぽく渡辺さんと顔を見合わせて、「なーっ」とコンビの歌手みたいに同時に首を倒した。

ぼくは廊下に飛び出した。トイレまで突っ走った。エビスくんエビスくんエビスくん、頭のなかで名前を呼びつづけた。同じ馬になれればいい。四人組がつくれなかったら、ぼく一人でエビスくんと組めばいい。ぼくが馬になる。エビスくんを、おんぶする。つぶれてしまうやろか、走りながら笑った。浜ちゃんとエビスくんがおるんや、赤組なんかに負けるわけないやないか。

「エビスくん!　騎馬戦やろうや!」

トイレに駆け込むと同時に叫んだ。

誰もいなかった。

ぼくの声はタイルの壁にはじかれて、いつまでも耳の奥でしびれるように鳴っていた。

6

運動会の翌週、長嶋茂雄は現役を引退した。中日ドラゴンズと戦った最後の試合の日、藤田先生は珍しく有給休暇をとった。試合を観《み》るために東京まで出かけたのだという噂《うわさ》もあったが、実際のところはわからない。

エビスくんにかんする噂も、いくつか流れた。お母さんがこの町で借金を抱え、それを踏み倒して夜逃げしたのだという話もあった。じつはエビスくんのお父さんはやくざでもなんでもなく、夫婦喧嘩《げんか》がこじれて別居していただけなのだと言うひともいた。転校の手続きもとらずに出ていったため、藤田先生はしばらくの間、職員室でぶつくさ言っていたらしい。

エビスくんは約束をたくさん破った。ぼくは親友を見送ることも、親友に手紙を書くこともできなかった。ときどき空を見上げて、針二千本やで、と苦笑いを浮かべるだけだ。

もしも住所を教えてくれていたなら、最初の手紙には浜ちゃんの話を書くつもりだった。

エビスくんが黙って転校していったことを一番怒っていたのは、浜ちゃんだった。「わしあいつに負けたまんまやないけ!」と運動会が終わってからもしじゅう持ち歩いているメガホンで机をバンバン叩《たた》いて悔しがっていた。あの日ぼくがアッパーカット一発でエビスくんをノックアウトしたことを話しても、浜ちゃんは「アホか」と言うだけでぜんぜん信じてくれなかった。

二通めの手紙には、ゆうこのことを書いたはずだ。

父が話していた阪大《はんだい》病院の偉い先生が、手術を引き受けてくれることになった。検査の結果、手術の成功率は五分五分から三分七分に下がってしまったが、手術をしなければ二十歳《はたち》までに死んでしまう確率はほぼ百パーセントなのだという。新聞の県内版にとりあげられたこともあって、たくさんの手紙やカンパがわが家に送られた。神社のお守りもいくつかあったし、千羽鶴は病室の壁が埋まるぐらい集まった。枕元《まくらもと》の一番いい場所に飾ったのは吉田さんたちが折ってくれた千羽鶴で、「ゆうちゃんのパジャマに縫い込むお守り、どれにしようか」と母に訊《き》かれて、ぼくは迷うことなく戎《えびす》神社のものを選んだ。

手術の話は、三通めになるだろう。

おおきに、とだけ書いただろう。

そして、いま。

「何年ぶりや？」

頭のてっぺんの髪が少し寂しくなった浜ちゃんが訊き、ぼくは黙って掌《てのひら》を開いた。五年ぶりになる。浜ちゃんの結婚式以来だ。

東京での暮らしは十五年を過ぎて、旧盆と正月も、子供ができてからは東京で過ごすことが増えてきた。帰省しても、せいぜい一泊か二泊。幼なじみと会う時間もとれない。

「たまには電話ぐらいしてこいや、おまえもなんぼになっても気が利《き》かんやっちゃのう」

「インド洋に電話して、どないすんねん」

浜ちゃんは、兄貴が漁労長をつとめるマグロ漁船に乗り込み、年の半分は海に出ている。六年前のぼくの結婚式のときには、漁で出席できないかわりに冷凍のホンマグロを一尾まるごと式場に送ってきた。おかげでフランス料理のフルコースに飛び入りでマグロの刺身がついてしまったけれど、美味《うま》かった、ほんとうに。

「それにしても、タイミング良かったよ。こういうついでがないと、同窓会いうてもなかなか東京からは……」

「大学病院が去年新しなったの、知っとるか?」

「バスから見えたし、飛行機からもちょっと見えた。女房と娘に教えたろ思うたけど、ぜんぜん変わってもうて、どこがゆうこの部屋やったか見当もつかんかったわ」

「おうおう、ひろしが女房、やて。偉うなったもんやのお」

浜ちゃんは笑いながらビールのグラスをぼくのグラスにぶつけ、忘れ物を思い出したように「元気やったか?」と言った。

「うん、まあ、ぼちぼちやっとるわ」

「太ったか、少し」

「そうやね」

「肉食うのやめてマグロにせな、コレステロールが溜《た》まってまうど」

ぼくは苦笑いでうなずき、浜ちゃんの肩越しに、菊ちゃんの背中に目をやった。誰彼なしに声をかけては、名刺を配っている。化粧品の通信販売の代理店を経営しているのだと、近況報告のときに話していた。その隣のグループの中心にいるのは、元・クラス委員の小沢。革新系の政党から次の市議選に立候補するらしい。不況で閉鎖された造船所の跡地の再利用をめぐる市長とゼネコン業者の癒着の話を、さっきから何度も繰り返している。

大広間の上座では、藤田先生が赤いカーディガンを羽織って、すっかりおばさんになった元・女子たちに囲まれている。小学校卒業以来初めての同窓会だ。案内状の書き出しは〈厳しかった残暑も終わり、ようやくしのぎやすい時候になりましたが、元・六年三組の皆様におかれましては、ますますご健勝のことと思います。さて、驚いてください。鬼の藤田先生が、なんと還暦です。紅顔の少年少女だった私たちも、信じられないことに三十路《みそじ》半ばに差しかかろうとしています〉だった。

懐《なつ》かしい顔ばかりだ。高校の英語教師になったキーやんがいる。マルは、大阪のラジオ局のディレクターだ。テルちゃん、中西、渡辺さん、近藤さん、鳥山さん……。一目見ただけでは誰だかわからないぐらい変わってしまったひともいる。会場に着いてすぐ、「相原くん、ひさしぶりやわあ、元気してはったァ?」と声をかけてきた吉田さんに、小学六年生の頃の面影はなかった。背丈はあの頃からほとんど伸びていないのに、横幅は当時の倍近くありそうだった。

吉田さんは、学校の先生にも弁護士にもならず、もちろん歌手や女優にもならなかった。クラス一のしっかり者の名残は、婿《むこ》養子をとったことと、ニュータウンの団地内で無農薬野菜の共同購入をとりまとめていることぐらいだ。それでも、おしゃべりの途中で「ねえねえ、それほんま?」と目を丸く見開き小首をかしげるときには、やっぱり吉田さんは吉田さんだった。

ビールが日本酒やウイスキーに変わった頃、藤田先生がバッグから一冊のノートを取り出した。当時のクラス日誌を家から持ってきてくれたのだ。元・女子たちが歓声をあげて、一ページずつ思い出話をしながらめくっていく。ノートが回ってくるまでには、とうぶんかかりそうだ。

菊ちゃんたちと車座になって話し込んでいた浜ちゃんが、ウイスキーのボトルを手に、ぼくの隣に戻ってきた。あぐらをかいて壁に背中を預け「あかん、酔うてもうた。船と違《ちご》うて足元が揺れんさかい、かえってペースがわからんわ」と言いながら、ウイスキーをストレートであおる。

「菊治に訊いてみたんやけど、けっきょくエビスの住所わからんかったんやて」

ぼくは黙ってうなずき、浜ちゃんが注いでくれたウイスキーを一口なめた。

「楽しみにしとったん違うか、ひろし」

「ちょっとだけな」ウイスキーを、今度は水で割って、もう一口。「でも、どうせ無理やろ思うとったよ」

「もし来とったら、決着つけたるところやったのに。ほんま、幹事も情けないもんやで。あいつ呼ばんで誰呼ぶいうねん」

「ええ歳《とし》こいて、めちゃくちゃ言うとんなあ」

「アホ、海の男はなんぼになっても若いんや。フォーエバー・ヤングゆうやっちゃ」

浜ちゃんはおどけて言って、間をとるように舌を打ち、「エビスかあ……」と天井を見上げてため息交じりにつぶやいた。

「懐かしいね」とぼくは言った。

「そらそうやろ、親友なんやからな、おまえら」

「親友違うよ、ただのいじめっ子や、あいつ」

「偉そうなこと言うてて、またエビスにどつかれても知らんぞ」

肩を軽く小突かれた。大袈裟《おおげさ》に痛がって身をよじり、浜ちゃんに聞かれないように、ごめんないまの嘘《うそ》やで、とエビスくんに小声で詫《わ》びた。

「最近、新聞やらテレビやらで、いじめのニュースがあるやろ。あれ見るたんびに、いわい、エビスとおまえのこと思い出すねん。なんて言うんやろな、元祖・いじめ、いうか……昔のいじめはのどかなもんやったのう、いうか……ごっつ懐かしなんねん」

じつを言えば、ぼくもそうだ。いじめられるのをわかっていながら、いじめられっ子がなぜかいじめグループのそばにいた、そんな話を聞くと、痛みともくすぐったさともつかないものが胸の奥をよぎる。弱い男の子は強い男の子が好きなんや、それくらいわからんのかアホ、評論家やワイドショーのレポーターに毒づくこともある。

エビスくんは、いじめのニュースを観て、どんなふうに思うのだろう。ぼくを思い出したりするだろうか。黙って姿を消した罰の針二千本、まだ呑《の》み込んだままだろうか。

「あいつ、ほんまはひろしのこと好きやったんやろうの。ガキのころはそんなん考えもせんかったけど、最近になって、そう思うようになったわ」

「エビスくん、おそらく浜ちゃんのことも好いとったと思うよ」

「なにアホなこと言うてんねや」

浜ちゃんはまんざらでもなさそうに笑い、もっと飲めや、とウイスキーのボトルに顎《あご》をしゃくった。ぼくはかぶりを振って、浜ちゃんのグラスにウイスキーを注ぐ。

「明日の朝早いし、酒のにおいさせとったらまずいやろ」

そう言って、浜ちゃんが「そっか……」とうなずきかけるのを確かめてから、あの頃は口にできる日が来るとは思わなかった言葉を、ゆっくりとした口調で付け加えた。

「花嫁さんの兄貴が二日酔いやなんて、格好つかんさかいな」

浜ちゃんは指でＯＫマークをつくり、あらためて大きくうなずいてくれた。


ようやくクラス日誌が、元・女子から元・男子に回ってきた。子供の頃の役回りというのは、何年たとうと、そう変わるものではない。ノートをめくるのは元・クラス委員の小沢で、その隣に陣取って「おう、ちょっとそこんとこ声出して読めや」だの「はよ次のページめくらんかい」だのと指図するのは浜ちゃん、ぼくは人垣の最後列からつま先立ってノートを覗《のぞ》き込んだ。


九月一日。エビスくんと出会った日。

「そうそう、ひろし、漢字間違えてエビスにどつかれたんやったな」とキーやんが懐かしそうに言うと、話題がノックアウトシーンに至るのを避けたかったのか、浜ちゃんは「よっしゃ、次行け、次」と妙にあわてて小沢に言った。

ページをめくりかけた小沢の手が、ふと止まった。「ちょっと、ひろし、おる？」と後ろを振り向き、ぼくと目が合うと「ここ、ちょっと見て」とノートを差し出してくる。

「どないしたんか、こら、市会議員」と浜ちゃん。

「いや、ひろしがエビスくんの字ィ間違えた言うてたやろ、〈戎〉が戒めの〈戒〉になっとる、て。ほれ、ひろし、ここや、ここ」

「うん……」

「これ、おまえの字と違うんやないか？」

〈戒くんが東京から転校してきました。みんな仲良くしましょう〉

〈戒〉と、たしかに間違えて書いている。

だが、よけいな縦棒一本をよく見たら、線の太さと濃さが違う。ぼくは芯《しん》の先が丸くなった鉛筆で日誌を記していたが、〈戒〉の縦棒一本は、シャープペンシルで書かれていたのだ。

「どういうこっちゃねん」という浜ちゃんのつぶやきに、小沢が推理小説の探偵のような顔と声で答えた。

「エビスが書いたんやろうな。他に書く理由のある者《もん》おらんやろ」

「なんでそないなことすんねや」とキーやんが首をひねり、「あんなに怒っとったんやで、あのデブ」と浜ちゃんがつづける。

「そやから……ようするに、ひろしと連れンなる作戦やったんやないかなあ。自分で書いたんをひろしのせいにして、ひろしに一発かまして、それで強引に連れンなったろう思うたん違う？　なあ、ひろし、そんな気ィせえへんか？」

　ぼくはなにも答えなかった。ただ黙って〈戒〉の字をじっと見つめた。親友。エビスくんの声が、細めた目を頰にめり込ませた顔が、太い腕が、びんたの痛みが、おちんちんのまわりの黒い茂みが、高波のように記憶の底をさらっていっぺんに押し寄せてくる。

　座がしんと黙りこくってしまったなか、不意に浜ちゃんが笑い出した。「アホやあいつ、ほんまアホや！」と腹を抱え、畳を叩きながら笑う。やがて、それは一人ずつ広がっていき、最後は元・男子全員で大笑いになった。ぼくだって笑った。泣きたくなるぐらいおかしかった。

　元・女子が怪訝《けげん》そうにぼくたちを見る。吉田さんがいる。昔とはかなり変わってしまった、けれどやっぱり昔のままの、ぼくの初恋のひとがいた。

　トイレにたち、虫の音と潮騒《しおさい》を聞きながら、おしっこをした。月明かりなのか、正面の小窓から見る夜空はぼうっと明るい。明日は朝から快晴だと、天気予報が告げていた。

　広間ではカラオケが始まったらしく、エコーの効いた藤田先生の歌が聞こえる。舟木一夫の『高校三年生』だ。

おしっこの勢いが弱まりかけると、おちんちんを支えていた指を離し、陰毛を軽くひっぱってみた。おちんちんのまわりに毛が生えてきたのは、小学校の卒業間際《まぎわ》だった。父に連れられて阪大病院にゆうこを見舞いに行ったから、たぶん日曜日だったはずだ。手術後の経過が順調なので近いうちに一般病棟に戻れるのだと泊まり込みの母に聞いて、前祝いしょうや、と大阪駅の食堂で父にビールを一口だけ飲ませてもらった帰り、列車のトイレのなかで気づいた。最初は糸くずがついているのだと思った。けれど、爪《つめ》でひっかいても取れなかった。つまむほどの長さはなくても、それはたしかに毛だった。

おしっこが終わる。身震いしながら、おちんちんをパンツにしまう。東京より夜は冷え込む。吐き出す息が、かすかに白い。

いまごろ、ゆうこはなにをしているだろう。型どおりに三つ指をついて、父と母に挨拶《あいさつ》をしたのだろうか。誓ってもいい、母は泣く。父は、照れてしまって早々に床についたかもしれない。

あの日、母がエビスくんに伝えたゆうこの願いごとは、じつは母が考えたのかもしれない。そう思うようになったのは、いつごろだったろう。尋ねてはいない。これからも訊《き》くことはないだろうと思う。あと何年かすれば、ぼくはあの頃の父や母と同じ歳になる。

広間の歌が変わる。浜ちゃんが、矢沢永吉を歌う。ぼくは便器の前にたたずんだまま、夜空を見つめた。

エビスくん。

聞こえるか、なあ、エビスくん。

〈西条秀樹〉のサイン色紙、やっぱりばれてもうたよ。ゆうこが二年遅れの小学四年生やった頃。エベッさんが見舞いに来てくれたんやで言うても、笑われた。

ぼくもな、だいぶ変わったで。もうガンジーなんかやあらへん。ひとのこと怒ったり、恨んだり、出し抜いたり、ときどきしょうがなしに裏切ったりすることもある。でも、あの頃とおんなじように信じとることも、あんねや。

奇跡は起きる。神さまは、おる。そやろ？　それ教えてくれたん、きみやないか。

エビスくん。

会いたいなあ、ほんま、ごっつ会いたいわ。

どこにおんねや、きみはいま。

卒業ホームラン

天気はよかったが、朝のニュースによると、午後からは風が強くなるだろうとのことだった。

平日より少し華やいだスーツを着た天気予報のキャスターは、「行楽にお出かけの方はセーターを一枚よぶんに持っていかれたほうがいいかもしれませんね」と愛想良く笑っていた。

「ねえ、おとうさん、春一番かなあ」

スポーツバッグの中身を点検しながら、智《さとし》が言った。

「どうなんだろうな」と徹夫《てつお》は首をひねり、使い込んだノートに〈強風の可能性あり〉と走り書きした。

「おとうさん、スタメン決まった?」

「まだだ、練習の調子を見てから決めるよ」

「高橋くんね、昨日学校で絶好調だって言ってたよ」

「あいつ、試合の前はいつでもそう言うじゃないか。ハッタリ好きなんだな」

短く笑って、ノートを閉じる。去年の四月から使いはじめて、これが最後のページだ。表紙にサインペンで書いた〈富士見台クリッパーズ　第六期活動記録〉の文字も一年間でずいぶん色褪《あ》せた。

少年野球チームの監督を引き受けてから、六年がたった。三十代の後半は、ほとんどすべての日曜日を河川敷のグラウンドで過ごしてきたことになる。チームが結成された頃には小学校一年生だった智も、来週、卒業式を迎える。長かったような気もするし、あっというまだったようにも思う。

智の入学祝いにグローブを買ってやった、それがチーム結成の第一歩だった。

何度か家の近所でキャッチボールをして、グローブの革も少しずつ掌《て》になじんできた頃、智は友だちを何人か家に連れてきた。友だちは皆グローブやバットを持って、初対面のはにかみというだけではなく、なにかまぶしいものを見るようなまなざしを徹夫に向けていた。

しゃべったな、とすぐにわかった。智が父親を誰かに自慢するときの話は、いつも決まっている。

おとうさんって、甲子園に出たことあるんだよ――。

初出場して一回戦で負けた高校の、七番・レフト。甲子園では四打数ノーヒット。たいした選手ではないが、甲子園の土を踏んだことは事実だ。

友だちどうしで野球チームをつくる、と智は言った。徹夫に監督になってほしいのだという。

チームといってもメンバーが数人では、試合もできない。しかも全員、ランドセルを背負うと背中がすっぽり隠れてしまう一年生である。ノックでもしてやればいいんだろう、どうせすぐに飽きて解散だ、と軽い気持ちで引き受けた。

ところが、智が連れてきた友だちの中に、地区の子供会の会長の息子がいたせいで、話は急に大きくなってしまった。

ユニフォームを揃《そろ》え、メンバー募集のポスターを町のあちこちに貼《は》るというあたりまではよかったが、こどもたちを傷害保険に加入させるだの、区の少年野球連盟の規約はどうだのとなってくると、急に腰がひけてきた。勤め先は市役所なので週末はきちんと休めるが、よそさまの子を預かるのは責任が重いし、少年たちに野球を教えることにそこまで情熱があるわけでもない。

それに、なにより、徹夫は智とキャッチボールをするために新しいグローブを買ったのだ。父親と息子のキャッチボール――もはやテレビのホームドラマですらお目にかかれないような紋切り型の光景でも、元・甲子園球児としては、やはり思い入れは強い。上の子が娘だったから、なおさら。

だが、子供会の会長に「努力とチームワークは、いまの子にいちばん欠けてるところなんです。スポーツの素晴らしさを教えてやってください」と頭を下げられ、「甲子園に出たことがあるなんて、こどもから見れば勲章ですよ」と持ち上げられ、「智くんが小学校にいる間だけでもけっこうですから」とまで言われると、もう断れなかった。

夏休みに入って早々に、チームは産声《うぶごえ》をあげた。

真新しいユニフォームに袖《そで》を通して無邪気に喜ぶ智たちに、徹夫は笑い返してやることができなかった。

これからは「遊び」が「練習」になる。「智くんちのおじさん」が「監督」に変わる。「友だち」が「レギュラー」と「補欠」とに分かれる。河川敷からひきあげるときの言葉は「楽しかったかどうか」ではなく、「勝ったか負けたか」になる。野球チームをつくるというのは、そういうことなのだ。

俺はきっと厳しい監督になるだろう――そんな予感がしていた。

予感ではなく、決意だったのかもしれない。

いま、思う。

智はスポーツバッグのチャックを閉め、そばに置いていた金属バットを手にとった。

「素振りしてくるね」

「あんまり時間ないぞ」

「だいじょうぶ、ウォーミングアップだから」

庭に出た智と入れ替わりに、妻の佳枝《よしえ》がキッチンからリビングに顔を覗《のぞ》かせた。

「ねえ、あなた……」

「難しいよ。実力の世界だからな」

徹夫がぽつりと返すと、佳枝は「智のことじゃないわよ」とため息交じりに言った。

「典子《のりこ》のこと」

「なんだよ」拍子抜けした思いが、声を不機嫌にしてしまう。「まだ寝てるんだろ、あいつ」

「今日、塾の模試なんだけど、もうぜんぜん行く気ないみたい。なんべん起こしても、眠たいからって、それだけ」

「布団《ふとん》ひっぱがしてやればいいんだ」

「そこからどうするの？　首根っこ捕まえて塾に連れていく？」

佳枝は短く笑って、「本人の問題だもんね、どうしようもないよね」と自分を無理に納得させるように付け加えた。

「まあ、三年生になれば、いやでも尻《しり》に火がつくんだから……」

徹夫も、朝刊を広げながら、佳枝と似たような笑みを浮かべた。

中学二年生の典子の様子が、秋頃からおかしい。不良のまねごとをして髪の色を変えたり家に帰らなくなったりというのではないが、なにごとに対してもやる気をなくしてしまった。担任の教師によると、授業中もぼんやりと窓の外を見ているだけで、ひどいときには教科書を開こうとすらしないのだという。

難しい年頃だというのは、わかる。

しばらくは扱いづらいだろう、とも覚悟していた。

だが、親や教師に反抗するのではなく、一年後に迫った高校受験のプレッシャーでいらだつのでもなく、いま自分がいなければいけない場所からさらりと立ち去っていくような態度が気になってしかたない。

冬休みに、一度きつく叱《しか》った。塾の冬期講習のお金を佳枝から預かったまま申し込みをせず、そのお金をぜんぶ友だちとの遊びに遣ってしまったのだ。

だが、典子はたいして悪びれもせず、「来年は受験なんだぞ」と繰り返す徹夫をむしろあわれむように見て、言った。

「がんばったって、しょうがないじゃん」

真顔だった。「がんばったら、なにかいいことあるわけ？　その保証あるわけ？」とつづけ、徹夫が返す言葉に詰まってしまうのを見込んでいたように、「ないでしょ？」と言った。そのときの、まるで幼いこどもに教え諭すような口調は、いまも徹夫の耳の奥に残っている。

がんばれば、いいことが――「ある」とすぐに言ってやらなかったのは、親として間違っていたかもしれない。

それでも、いまもう一度同じことを訊《き》かれても、やはり言葉に詰まってしまうだろう。「ある」と答えると、嘘《うそ》とまでは言わなくとも、なにか大きなごまかしをしてしまうことになるだろう。

キッチンに戻る佳枝の背中に、新聞をめくりながら声をかけた。

「来年になれば、友だちも本腰入れて勉強するんだし、あいつだってその気になるさ」

話を切り上げるための、つまらない言葉だ。佳枝の返事はなかったし、なくてよかった、とも思った。

朝刊の社会面や経済面には、今朝も〈不況〉や〈リストラ〉といった文字がちりばめられている。中高年の自殺の記事がなかったのがせめてもの救いだったが、日曜日ぐらいは、と新聞社が気をつかって載せなかっただけなのかもしれない。

がんばれば、いいことがある？

努力すれば、必ず報われる？

我が子にそう言いきれる父親がいたら、会わせてほしい。きっと、とんでもなくずうずうしい男か、笑ってしまうぐらい世間知らずなのかのどちらかだろう。

*

ユニフォームに着替えたところに、山本くんの父親から電話がかかってきた。

今日の試合に息子を先発出場させてもらえないか、という。

「田舎から年寄りが出てきてるんですよ。せっかくなんで孫の晴れ姿を見せてやりたくてね、最後の試合ですし、どうでしょう、なんとかなりませんかねえ……」

いつものことだ。ゆうべは奥島くんの母親から、応援の人数の都合があるので試合に出られるかどうか教えてほしい、という電話があった。

ふざけるな、と監督として思う。だが、父親として立場を入れ替えてみると、その気持ちもわからないではない。

「先発はちょっと難しいんですが、試合には出てもらいますよ」

徹夫は顔をしかめ、それを悟られないよう、棒読みのような口調で言った。

窓越しに、庭で素振りをつづける智の姿が見える。波打つようなスイング。バットを上から振りおろしてボールを地面に叩《たた》きつけるんだ、と何度言っても、アッパースイングの癖は最後まで直らなかった。

こう、こうなんだ、と徹夫はダウンスイングの身振りをしながら座卓の前に座り直し、チームのノートをまた広げた。

ノートには、日曜日ごとの練習や試合の記録が細かく書きつけてある。

去年の四月から先週までに十九試合こなしてきた。今日が二十試合目——智たち六年生にとっては最後の試合になる。

結成以来のメンバーだ。一年生の頃から鍛え抜いてきた。そのかいあって、戦績は十九勝〇敗。ずば抜けた選手がいるわけではなく、試合はいつも接戦になるが、それをものにする粘り強さがある。

ここまできたら、全勝のまま小学校を卒業させてやりたい。それが六年間がんばってきたことへのなによりのごほうびになるはずだ。

ペンをとり、今日の試合のスターティングメンバーをノートに書き入れた。誰の親から電話がかかってこようとも、不動のラインナップをくずすつもりはない。勝つことだけ、考えればいい。

補欠は七人。奥島くんは背番号11、山本くんは背番号14――それぞれ補欠の二番手と五番手にあたる。奥島くんはともかく、山本くんを試合に出すとなると、背番号12の宮田くんと13の瀬戸くんも出さないわけにはいかないだろう。五年半で思い知らされた。監督としていちばん難しい仕事は、補欠のこどもの扱いだった。

補欠組もレギュラー組と分け隔てなく練習させ、試合のときにはピンチヒッターやピンチランナーでなるべく出番をつくってやるように心がけてきた。

それでも、「なんでウチの子が補欠なんだ」とねじ込んでくる親が毎年一人か二人はいる。逆に、補欠と交代でベンチにさげたレギュラー組の子の親が、「なんでウチの子だけ途中でひっこめるんですか」と食ってかかることもある。母親より父親のほうが口うるさい。会社で仕事をしているときは皆それなりに立場をわきまえているはずなのに、息子がらみの話になると急にこどもじみてしまうのだ。

腹立たしさに「もう監督なんてやめたいよ」と佳枝に愚痴ったことは何度もある。試合の前夜、メンバー表を書いては消し、頭を抱え込んで、いっそ明日は雨になってくれないだろうかと願ったことも一度や二度ではない。

だが、その苦労も今日で終わる。智の卒業に合わせて、徹夫も監督を引退する。後任の監督は、徹夫より少し若い男らしい。先月、この地区に引っ越してきた。以前住んでいた町でも少年野球のチームを率いていたのだという。

背番号16――ベンチ入りの最後のメンバーを書き込んだ。

〈加藤智〉

十六人いる六年生の、しんがり。

公平に実力を判断した結果だった。

いや……ほんとうに公平に見るなら、智よりもうまい五年生は二、三人いる。実力主義を貫くのなら、智に背番号16を与えることはできない。

痛いほどわかっていても、そこまでは監督に徹しきれなかった。父親の自分を少しだけ残してしまった。補欠のこどもの親についつい気を遣ってしまうのは、その後ろめたさのせいかもしれない。

素振りをつづける智に「そろそろ出かけるぞ」と声をかけようとしたら、間延びしたあくびといっしょに典子がリビングに入ってきた。まだパジャマ姿だった。ぼさぼさの髪を手ですきながら、目をしょぼつかせて、「おはよう」と気のない声で言う。

「おまえ、模試サボるのか」

「うん、まあね」

「急いだら、まだ間に合うんじゃないのか」

「いいよ、そんなの。トイレに下りただけだから、もうちょっと寝るし」

ムッとしかけた徹夫をいなすように、典子は庭に目をやって「智、張り切ってるじゃん」と言った。

「最後の試合だからな」気を取り直して返す。「模試に行かないんだったら、応援に来るか？」

鼻で笑われた。

冗談やめてよ、というふうに。

「試合に出るの？　智」

「……ベンチに入ってるんだから、可能性はあるよ」

「ないじゃん」ぴしゃりと。「いつものパターンじゃん、それ」

典子の言うとおりだった。

智は、いままで一度も試合に出ていない。

今日も、よほどの大量リードを奪うか奪われるかしないかぎり、チャンスはないだろう。

「最後なんだから、出してやればいいのに」

典子の声に、父親を咎《とが》めるような響きはなかった。ごく自然な言い方で、だからこそ、胸が痛む。

同じことは、ゆうべ佳枝からも言われた。

きっと、智も心の奥ではそう思っているだろう。

だが、智は補欠の七番手だ。監督の息子だ。チームには二十連勝がかかっている。出せない、やはり。

「実力の世界だからな」と徹夫は言った。「あいつも、もうちょっとうまけりゃいいんだけどなあ」とつづけ、口にしたとたん、ひどい言い方をした、と思った。

典子は黙って窓から離れ、座卓に置いてあったミカンを一つ取って、それを掌《てのひら》ではずませながら言った。

「ふうん、どんなにまじめに練習しても、へたな子は試合に出してもらえないんだあ」

そうじゃない――とは言えない。

「やっぱり、がんばってもいいことないじゃん。ね、そうでしょ？　おとうさんがいちばんよくわかってるんじゃないの？」

「試合に出ることだけが野球じゃないんだ」

「だったら智に訊いてみたら？　試合に出たいって言うと思うよ」

「……努力することがだいじなんだよ。結果なんて、ほんとうはどうでもいいんだ」

「じゃあ、今日の試合、負けてもいいじゃん」

屁理屈《へりくつ》だ。それがわかっているのに、言い返す言葉が見つからない。

典子は部屋を出がけに、徹夫を振り向いた。

「努力がだいじで結果はどうでもいいって、おとうさん、本気でそう思ってる？」

徹夫は黙って、小さくうなずいた。

「智ってさあ、中学生になったら、あたしみたいになるかもよ。がんばっても、なーんにもいいことないじゃん、って」

「典子もそう思ってるのか」

「うん」さっきの徹夫より、はるかにしっかりとうなずいた。「だってそうじゃん、勉強すればぜったいにいい学校に入れる？ いい学校に行けばぜったいに将来幸せになれる？ そんなことないじゃない。みんなそれ見えてるのに、とりあえず努力しすとかって、なんか、ばかみたい」

典子が二階にひきあげたあと、徹夫は思った。

屁理屈を並べ立てていたのは、ほんとうは自分のほうだったのかもしれない。

＊

智と二人、自転車で連れ立って、家を出た。親子で河川敷のグラウンドに向かうのも、今日が最後だ。

よくつづいた。しみじみ思う。智は一日も練習を休まなかった。将来の夢は甲子園出場だと屈託なく話していた下級生の頃はもちろん、レギュラーの望みがなくなってからも。

「おとうさん、今日の相手って強いの？」

前を走る智は、振り向いて訊いた。

「ああ、すごいぞ」せいいっぱい明るい声をつくった。「いままでいちばん強いかもしれない」

「ひえーっ、二十連勝ヤバいじゃん」

「だいじょうぶさ、ふだんの実力どおりにやれば勝てるから」

「じゃあ、がんばって声出さないとね」

智は前に向き直って、力を込めてペダルを踏んだ。最初から自分はベンチで声を出す係だと決めてかかっていて、それをひねたり悪びれたりすることなく受け入れている。

まじめな子だ。素直な子だ。こつこつと努力してきた。その結果が——これだ。

智のユニフォームの背中の16から、徹夫はそっと目をそらした。高校時代を思いだす。盆も正月もなく練習に明け暮れたすえにレギュラーポジションを獲得し、背番号7のユニフォームを受け取ったときの喜びは忘れられない。甲子園出場を決めた瞬間の、空のてっぺんで太陽が爆発したような喜びも、ちゃんと記憶に残っている。だが、いま、背筋がゾクッとするぐらい生々しくよみがえってくるのは、レギュラーになれなかった同級生のうつむいた顔や、ゲームセットと同時にグラウンドで泣き崩れた相手チームのエースの後ろ姿のほうだった。

交差点で、レギュラー組の子が三人、合流した。

四台の自転車はグラウンドへの一番乗りを競うようにスピードを上げた。智も補欠の引け目などおくびにも出さずに、元気いっぱい自転車を漕《こ》いでいる。

ここからはもう父親じゃないんだぞ、と徹夫は自分に言い聞かせた。背番号16を父親のまなざしで見るな。

チームの中では、智に「おとうさん」と呼ばせないようにしている。徹夫も智のことを「加藤」で呼ぶ。

加藤はへただもんな、しょうがないよな、試合には出せないよ……。いつも心の中でつぶやく。智、ごめんな。あとで必ず、心の中で詫《わ》びる。

「試合に出られないんだったら、つまんないから、もうやめる」

もしも智がそう言いだしたなら、どうしただろう。

引き留めなかったような気がする。

本音ではそれをずっと待っていたのかもしれない、とも思う。

午前十時の試合開始に合わせて、九時から練習を始めた。二十連勝のかかった、しかもこのチームで最後の試合というせいもあるのか、レギュラー組の動きがどうも堅い。特にエースの江藤くんは、いつになくコントロールが悪く、ブルペンでしきりに首をかしげている。

相手チームは、練習を見ただけでもそうとう鍛えられているのがわかる。特にピッチャーは体が中学生なみに大きく、球も速い。地区の取り決めで、肘《ひじ》に負担のかかる変化球は投げさせないことになっているが、直球一本でも手こずりそうだ。

一点勝負になるだろうとふんだ徹夫は、バント練習に時間をさいた。守備練習でも、打球を体で止めて前に落とすというのを、あらためて徹底させた。

と同時にバックネット裏の観客席にさりげなく目をやって、誰の親が応援に来ているかを確認する。作戦を立てるうえでは欠かせない。「なんでウチの子が犠牲にならなきゃいけないんですか？」と送りバントにすら文句をつけてくる親もいるのだから。

観客席には、補欠組も含めてほぼ全員の親の姿があった。早くもビデオの三脚をセットしているのは江藤くんの父親、出がけに電話をかけてきた山本くんの一家も、話していたとおりおじいちゃんとおばあちゃんを連れて最前列に陣取っている。父親と目が合った。頼みますよ、約束ですよ、と訴えかけているような顔に見える。

佳枝は、試合の後半に来る。「どうせ智の出番があるとしても最後のほうでしょ？」

と寂しそうに言って、「万が一のことだけど」と、もっと寂しげな口調で付け加えていた。できれば典子も連れてくるように言っておいたが、おそらく無理だろう。

ボランティアの審判団がグラウンドにやってきた。試合開始まで、あと十五分。

「ノック、ラスト一本!」

ポジションに散った選手に声をかけた。

智は、ライト。ゴロを無難にさばいたレギュラーの遠藤くんにつづいて、「オーッス!」と左手のグローブを高々と掲げる。

徹夫は、横に少し動けばいいだけの位置に、力のないフライを打ち上げた。

だが、智はグローブを掲げたまま、うろうろと前後左右に動きまわり、最後はバンザイの格好でボールを後ろにそらしてしまう。

「すみませーん!」

帽子をとって謝り、ダッシュでボールを拾いにいく。一桁《けた》の数字に比べるといかにもかさばる背番号16をぼんやりと目で追っていたら、「監督、ちょっといいですか」と子供会の会長にバックネット裏から呼ばれた。

後任の監督を紹介された。がっしりとした体つきで、人なつっこい笑顔を浮かべる、こどもとスポーツがいかにも好きそうな雰囲気の男だった。

かんたんな挨拶《あいさつ》を交わしたあと、彼は「相手のエース、かなりいいですね」と徹夫に言った。「お手並み拝見」と試されているような気がして、内野ノックについ力が入ってしまい、打球はどれもヒット性の強いものになってしまった。

ノックを終え、ベンチに戻ってメンバー表に名前を書き入れていった。

スタメンの欄はノートに書いたとおりで埋まったが、控え選手のところで迷った。江藤くんの調子を考えると、ピッチャーがもう一人いたほうがいい。新チームのエースになるはずの五年生の長尾くんを控えに入れておくべきかもしれない。

「富士見台クリッパーズさん、いいですか?」

主審がベンチにメンバー表を取りにきた。

「はい……すぐに」

バックネット裏にちらりと目をやった。長尾くんの両親は来ていない。

まなざしを横に滑らせると、智が見えた。他の選手がおざなりにすませる膝《ひざ》の屈伸運動を、智一人だけ、ていねいに、一所懸命にやっている。

「監督さん、いいですか?」

主審にうながされ、補欠の欄のいちばん下に〈加藤〉と走り書きして渡した。

そのとき、バックネット裏で歓声があがった。振り向くと、四番バッターの前島くんの両親が〈めざせ不敗神話　祈・20連勝〉と書いた横断幕を広げていた。

徹夫は、相手チームのベンチに向かいかけた主審をあわてて呼び止めた。

メンバー表の〈加藤〉を二重線で消して、横に〈長尾〉と書き込んだ。

＊

智は下級生といっしょにベンチの横に並び、グラウンドの選手たちに声援を送っていた。

最後の試合に、出場どころかベンチ入りすらできなかったのに、智の様子はふだんと変わらない。どこか気まずそうな六年生の仲間に「がんばれよ」と声をかけ、自分と入れ替わって五年生でただ一人ベンチ入りした長尾くんにも笑顔で接する。

俺なら、そんなことはできなかった。高校時代を振り返って、徹夫は思う。負けず嫌いの性格だった。野球だけでなく、勉強でも他のスポーツでも、負けたくないから必死にがんばってきた。それが報われたこともあったし、報われなかったことも、もちろん、ある。

がんばればいいことが——「ある」とはやはり言えなくとも、「あるかもしれない」

くらいなら典子に言ってやれるかもしれない。「いいことがあるかもしれないから、がんばる」と言葉を並べ替えてもいい。

だからこそ、本音を言えば、徹夫にはよくわからないのだ。

「いいことがないのに、がんばる」智の気持ちが。

監督としても、親としても、それは決して口にはできないことなのだが。

二回を終わって〇対〇。相手チームのエースは予想以上の好投手だった。一方、江藤くんの調子は予想以上に悪い。球が高めに浮き、スピードもキレもない。捕まるのは時間の問題だろう。

徹夫は打撃陣にバットを一握り短く持つよう指示を出し、六年生の控え投手の水谷くんにウォーミングアップを命じた。息子の晴れ姿をビデオで撮っていた江藤くんの父親はムッとした顔でベンチを見たが、逆に水谷くんの両親はブルペンの前に場所を移し、わくわくした顔で試合を見守っている。

三回裏、相手チームの先頭打者がフォアボールで出塁した。つづく打者はきっちり送りバントを決め、しかも江藤くんが打球の処理にもたついてしまい、ノーアウト一、二塁。打順はクリーンアップにまわる。

徹夫はタイムをかけて、キャッチャーの安西くんをベンチに呼び、江藤くんの調子を尋ねた。やはり、このイニングに入ってから、すべての球がサインとはぜんぜん違うコースに来ているという。

交代だ。ここで点を取られるわけにはいかない。ブルペンの水谷くんを見た。ウォーミングアップは、もうじゅうぶんだろう。

ところが、主審に手を挙げようとした、そのとき――。

「裕太、がんばれよ！　まだいける、まだいける！」

バックネット裏から、江藤くんの父親の檄《げき》が飛んだ。息子ではなく、徹夫に聞かせたかったのかもしれない。

徹夫はベンチから浮かせた腰を、すとんと下ろした。腕組みをして、勝手にしろ、と声にならない声で吐き捨てる。

続投した江藤くんは、次のバッターの初球にワイルドピッチをした。ランナーは二、三塁に進む。徹夫は敬遠のサインを送った。だが、頭に血がのぼった江藤くんの目には入っていないようだ。

まずいぞ、と思う間もなく江藤くんは投球動作に入った。もうタイムもかけられない。

スパーン！　と快音が響く。

左中間にライナーで飛んだ打球はぐんぐん伸びて、レフトの前島くんの差し出すグローブのはるか上を越えていった。

致命的な三点が、入った。


救援のマウンドに登った水谷くんも打ち込まれた。三番手の長尾くんも、火のついた相手チームの打線には通用しなかった。

五回の裏を終わったところで〇対八。相手チームのエースはあいかわらず絶好調で、まだ一安打しか許していない。攻略の糸口は見つからない。たとえ見つけても、長尾くんが追加点を奪われるほうが先だろう。


「監督さん」

ショートの吉岡くんの父親が小走りにベンチ裏に来て、言った。

「もう試合の勝ち負けはいいですから、補欠の子もみんな出してあげましょうよ。せっかくいままでがんばってきたんですから」

徹夫は黙ってうなずき、帽子を目深《まぶか》にかぶり直した。

今日なら、出せた。この試合なら、智を出しても誰からも文句は言われなかった。

あいつの努力を最後の最後でむだにしたのは、俺だ。腕組みをして、地面に落ちる自分の影をにらみつけて、思う。

後悔はしない。勝つためにベストをつくしたのだ。

それでも——俺は智の父親として、この監督のことを一生許さないだろう。

六回表の攻撃で、山本くんをピンチヒッターに送った。一家の声援を受けて、ツースリーまで粘ったが、最後は空振り三振。思いきりスイングしてよじれてしまった背中の14の数字が、一瞬、智の背負った16に見えた。

悔しそうな顔でひきあげてくる山本くんに、ベンチの横から励ましの声が飛んだ。

「惜しい惜しい、ナイススイング！」

智だった。

徹夫と目が合った。

智は、元気出さなくちゃね、というふうに微笑《ほほえ》み、うつむいて、もう顔を上げなかった。

試合が終わった。〇対十の完敗、いや、惨敗《ざんぱい》だった。

二十連勝の夢はついえたが、通算成績十九勝一敗ならりっぱなものだ。一列に並んだ選手たちと徹夫にバックネット裏からは大きな拍手が送られ、誰の親だったのだろう、「名監督！」という声もとんだ。

このあと、近くのファミリーレストランで一年間の活動を終えた打ち上げの席が設けられている。主賓は徹夫だ。幹事をつとめる江藤くんの父親が「監督さん、生ビールもありますから、グーッといきましょうや」とジョッキを傾けるしぐさをして笑う。

徹夫は愛想笑いを返して、グローブやバットを片づける選手たちに目を移した。智もいる。こっちに背中を向けて、けっきょく試合では一度も使うことのなかったバットをケースに収めている。

バックネット裏に、佳枝の姿があった。母親どうしのおしゃべりの輪から少し離れたところにぽつんとたたずんで、こっちを見ていた。典子は、やはりいない。誘っても来なかったというより、最初から佳枝が誘わなかったのかもしれない。そのほうがいい。今日の試合だけは、見られたくなかった。

「お疲れさまでした、残念でしたね」

後任の監督に声をかけられた。「あのピッチャーは小学生じゃ打てませんよ、相手が悪かったんだ」と慰められると、かえって悔しさが増してしまう。

「それで、ちょっと、監督にもご意見聞かせてもらいたいんですが……」

来年からは、試合数をいままでの三倍にするのだという。

「練習ばかりじゃ、こどもたちも張り合いがないと思うんですよね。やっぱり試合をしないと目標がないでしょう」

「年間六十試合ですか。すごいな、それ」

皮肉を込めて笑った。毎週一試合でも追いつかないペースだ。

「といってもね、チームを三つに分けようと思うんですよ。レベル別に、A、B、Cっていう感じで。で、今週はAチームの試合で、来週はBチームの試合っていうふうにするんです。相手にもレベルを合わせてもらって、年間二十試合ずつ。これなら練習と試合のバランスもとれるし、補欠の子や下級生の子も試合に出られるから公平でしょう？ そうしないと、試合に出られない子がかわいそうだし、学校だって習熟度別にクラスを組もうかっていうご時世ですからね」

かわいそう――が、耳にさわった。

苦笑いがゆがむ。公平という言葉を辞書でひけば、たしかにこの男の言っていることは正しいのかもしれないが、どこかが、なにかが、違う。正しくても、間違っている。智は、Bチームのレギュラーになっても喜ばないだろう。喜んでほしくない。監督としてでも親としてでもなく、野球をする男どうしとして。

だが、後任の監督は不意に肩から力を抜き、手品の種明かしをするように言った。

「ってね、これ、前のチームで思い知らされた教訓なんですよ。うるさい親の多いチームで、信じられますか？　ウチの子を試合に出せ、なんていうレベルじゃないんですよ。息子に悲しい思いをさせたくないから、試合はぜったいに勝てる相手を選んでくれ、って。真剣に言うんですよ、みんな」

徹夫は「わかるような気がするなあ」と笑った。今度は素直な笑顔になった。

「まあ、でも、うまく折り合いをつけてがんばりますよ」

後任の監督はおどけてげんなりした顔をつくり、「じゃあ」と立ち去っていった。

彼の折り合いのつけ方にも一理あるのかもしれない。徹夫は思い、そうかもな、と認めたうえで、でもな、と声に出さずにつぶやいた。つづく言葉は、浮かんでこなかった。

川を吹き渡る強い風が、グラウンドの土埃《つちぼこり》を舞い上げる。天気予報より少し早く、試合が最終回に入った頃から風が強くなっていた。

加藤――と呼びかけて、試合はもう終わったんだと思い直し、父親に戻った。

「智、ちょっと残ってろ」

智は一瞬きょとんとした顔になったが、すぐに「オッス！」と帽子をとって答えた。

バックネット裏では、江藤くんの一家が、ビデオの液晶モニターを覗《のぞ》き込んで、さっそく息子の晴れ姿の鑑賞会を開いていた。

＊

ベンチに座って、敵も味方も観客もひきあげたグラウンドをぼんやりと眺めながら、徹夫は煙草《たばこ》を一本吸った。強い風が煙を吹き飛ばしてしまうせいか、煙草はいがらっぽいだけでちっとも味がしない。

「おとうさん」隣に座った智が言った。「いいの？　もうすぐ打ち上げ始まっちゃうんじゃない？」

「いいんだ、どうせ先に始めてるさ」

徹夫は笑いながら言って、ゆるんだ頬がしぼまないうちにつづけた。

「智、今日、残念だったな」

「しょうがないよ、江藤くん調子悪かったし、向こうのピッチャーすごかったもん」

「いや、そのことじゃなくてさ……おまえのこと、試合に出せなくて……」

「いいってば」

声は明るかったが、顔はさっきと同じようにうつむいてしまった。徹夫と反対側の隣に座った佳枝が、智の肩越しにこっちを見ていた。目が合うと、しょうがないわよ、と小さくうなずく。

典子は朝食を終えると、自転車で遊びに出かけたらしい。仲良しの友だちは皆、塾の模試を受けているのに、誰とどこで遊ぶつもりなのだろう。あてもなく自転車を走らせ、暇をつぶすだけのために本屋やCDショップを覗く典子の姿を思い描くと、腹立たしさよりも悲しみのほうが胸に湧《わ》いてくる。

がんばれば、いいことがある。努力は必ず報われる。そう信じていられるこどもは幸せなんだと、いま気づいた。信じさせてやりたい。おとなになって「おとうさんの言ってたこと、嘘《うそ》だったじゃない」と責められてもいい、十四歳やそこらで信じることをやめさせたくはない。だが、そのためになにを語り、なにを見せてやればいいのかが、わからない。

徹夫はフィルターぎりぎりまで吸った煙草を空き缶の灰皿に捨てて、智に訊《き》いた。

「中学に入ったら、部活はどうするんだ?」

答えは間をおかずに返ってきた。

「野球部、入るよ」

佳枝が、「今度は別のスポーツにしたら？」と言った。「ほら、サッカーとかテニスとか」

だが、智には迷うそぶりもなかった。

「野球部にする」

「でもなあ、レギュラーは無理だと思うぞ、はっきり言って」

「うん……わかってる」

「三年生になっても球拾いかもしれないぞ。そんなのでいいのか？」

「いいよ。だって、ぼく、野球好きだもん」

智は顔を上げてきっぱりと答えた。

一瞬言葉に詰まったあと、徹夫の両肩から、すうっと重みが消えていった。頬が内側から押されるようにゆるんだ。

拍子抜けするほどかんたんな、理屈にもならない、忘れかけていた言葉を、ひさしぶりに耳にした。

徹夫は、ベンチから立ち上がった。

「ピンチヒッター、加藤！」

無人のグラウンドに怒鳴り、智のグローブを左手につけた。

「どうしたの？　おとうさん」

「智、バット持って打席に入れ」

「はあ？」

「ほら、早くしろ」

智の返事を待たずに、試合で使わなかったまっさらのボールをグローブに収め、マウンドに向かってダッシュした。

智がケースからバットを出す。佳枝も立ち上がって、「やだあ、埃すごいねえ」と風にあおられる前髪を手で押さえながら、とことことグラウンドに出てきた。

徹夫は苦笑交じりにグローブを佳枝に放った。佳枝はそれを両手と胸で受け取り、「どのへんで守ればいい？」と訊いた。

「もっと、ずーっと後ろだ」

「そんなに飛ぶ？」

「あたりまえだろ、ホームラン、出るかもしれないぞ」

佳枝は「なに言ってんの」と笑ったが、可能性がないわけではない。風はホームベースから外野に向かって吹いている。智のアッパースイングなら、うまくいけば——千発打って一発の割合だろうが、風に乗って外野の頭を越えることもありうる。それを親が信じてやらなくて、誰が信じるというんだ……。

はにかんだ様子で何度か素振りをした智は、小さく一礼して打席に入った。

「三球勝負だぞ」

「うん……」

「内角球を怖がるな、後ろに下がると外角低めについていけないぞ」

「はい……」

「返事が違うだろ、腹に力を入れて」

「オッス！」

「よし、そうだ。ボールを最後まで見て、くらいつくようにして振るんだぞ、いいな」

「オッス！」

徹夫はマウンドの土を均《なら》し、ボールをこねて滑りを止めた。たとえば山なりのスローボール、そんなものを投げるつもりはない。レギュラー組の打撃練習のときと同じように、速球を投げ込んでやる。それが、野球が大好きな少年に対する礼儀だ。

ワインドアップのモーションで、投げた。ど真ん中だったが、智は空振りした。完全な振り遅れで、バットとボールも大きく隔たっている。ボールを拾いに行く背番号

16に、「しっかり見ろ！」と怒鳴った。

二球目も空振り。外角球に上体が泳いだ。

「腰が据わってないからダメなんだ、いつも言ってるだろう！」

智は半べその顔で「オッス！」と返す。叱《しか》られて悲しいんじゃない、打てないのが悔しいんだ、と伝えるように、徹夫に投げ返す球は強かった。

最後の一球だ。手は抜かない。内角高めのストレート。

智はバットを思いきり振った。

快音とまではいかなかったが、たしかにボールはバットにあたった。

フライが上がる。ビュンと音をたてて、強い風が吹いた――が、打球は風に乗る前に落下しはじめ、佳枝の手前でバウンドした。

「ホームラン！」

佳枝がグローブをメガホンにして叫んだ。「智、いまのホームランだよ！　ホームラン！」と何度も言った。

徹夫も少しためらいながら、右手を頭上で回した。打席できょとんとする智に、ダイヤモンドを一周しろと顎《あご》で伝えた。

だが、智は納得しきらない顔でたたずんだまま、バットを手から離さない。徹夫をじっと見つめ、徹夫もまっすぐに見つめ返してくるのを確かめると、帽子の下で白い歯を覗かせた。

「おとうさん、いまのショートフライだよね」

来月から中学生になる息子だ。

あと数年のうちに父親の背丈を抜き去るだろう。

徹夫は親指だけ立てた右手を頭上に掲げた。アウト。一打数ノーヒットで、智は小学校を卒業する。

不満そうな佳枝にかまわず、徹夫はマウンドを降りた。ゆっくりと智に近づいていき、声が届くかどうかぎりぎりのところで「ナイスバッティング」と言った。聞こえなかったようだ。智はスローモーションのようにバットを振って、ダウンスイングの練習をしていた。

「智、家に帰って荷物置いてから打ち上げに行こう」

「うん……いいけど？」

「帰ろう」

野球のルールをつくったのはアメリカの誰だったろう。いや、イギリス人だっただろうか。野球の歴史など徹夫はなにも知らないが、ホームベースという言葉をつくった誰かさんに「ありがとう」を言いたい気分だった。

家――だ。野球とは、家を飛び出すことで始まり、家に帰ってくる回数を競うスポーツなのだ。

バックネット裏に停めた自転車に向かって、智と並んで歩いた。なにも話さなかった。黙ったまま帰ればいい。玄関には、智より先に入るつもりだ。「お帰り！」と声をかけてやる。ホームインの瞬間を見届けてやる。

少し遅れて歩いていた佳枝が、「あ」と土手のほうを向いて声をあげた。「あなた、ほら、やっぱり来てる」

知らん顔をしておいた。

いまなら、なにかをあいつに話してやれるかもしれない。納得はしないだろうが、伝えることはできるだろう。

だが、それはすべて家に帰ってからのことだ。

四人で帰ろう。

先制点なのか、追加点になるのか、劣勢に立たされての四点かはわからないけれど。

家族みんなで、ホームインしよう。

さかあがりの神様

最初に一度、お手本を見せてやることにした。うまくいくかどうか不安だったが、ここで失敗すると父親の沽券《こけん》にかかわる。明日の朝の筋肉痛を覚悟して、息を詰め、地面を強く蹴《け》り上げた。

中年太りにさしかかった体の重みが、鉄棒をつかんだ両腕にかかる。一気に、脚と尻《しり》を上に運ぶ。窮屈に折りたたんだみぞおちが軋《きし》むように痛み、頭に血がのぼって、ヤバいかな、一瞬ひやりとしたが、次の瞬間、腰から下がスッと軽くなり、公園の風景が反転した。よし。体の回転のタイミングに合わせて手首を返し、両腕を突っ張って体を支えた。

成功だ。ずいぶんぎこちなく不格好だったはずだが、とにもかくにも、さかあがり成功——。

「どうだ?」真一は弾みをつけて地面に降りた。「簡単だろう?」

「ぜーんぜん」

葉子はそっけなく返し、唇をとがらせた。

「見てただろ？　勢いをつけてお尻を上げればいいんだよ。てっぺんに来るまでは重いけど、そこを越えれば、あとはもう勝手に体がクルッと回っちゃうから」

「理屈で言うだけなら、誰でもできるよ」

「そんなこと言うほうが理屈じゃないか。とにかくやってみろ」

「ごはん食べたあとだから、気持ち悪くなっちゃうよ」

「だいじょうぶだって」

「じゃあ、もしゲーしちゃったら、パパ、責任とってくれる？」

鼻の頭をツンと上に向けて、言う。「最近すごく生意気になっちゃって」とこぼす妻の菜々子《ななこ》の気持ちが、真一にもなんとなくわかった。肝心なところでは臆病《おくびょう》なくせに、幼い頃から口だけは達者な子だ。小学二年生の、いまは十月。こういう女の子って昔もいたよな、という気もしたが、三十七歳の真一にとって三十年前の教室はあまりにも遠く、淡く、同級生の顔はほとんど浮かばなかった。

「まあいいから、一回やってみろよ。な？　どこがよくないのか、見てみなくちゃわかんないし」

「うん……」

「ほら、がんばれ」

「そんな、すぐにできるわけないじゃん、ちょっと黙っててよ」

大の苦手の体育、中でもいっとう嫌いな鉄棒だ。公園に連れ出すのも一苦労だった。

「できるようになったら『デニーズ』でパフェ食べていいでしょ?」と約束させられた。ごほうび付きなんてよくないと真一は思ったが、菜々子は葉子の味方について「日曜日なんだし、パパもたまには葉子とツーショットでデートしたら?」と笑って二人を送り出したのだった。

もしかしたら『デニーズ』は菜々子の入れ知恵だったのかもしれない。いま、ふと気づいた。「たまには」のところが皮肉めいた言い方だったな、とも。

後ろを振り向くと、公園の木立越しにマンションが見える。五階建の四階、右から二つめの部屋が、我が家だ。公園からは徒歩五、六分の距離だが、直線距離にすると思いのほか近いのだと知った。ベランダに干したタオルケットのピーターラビットの絵柄も、だいたいわかる。菜々子は「ママも応援してるからね」と葉子に言っていたが、まだベランダに菜々子の姿はない。リビングの窓もブラインドが下りたままだ。

鉄棒に目を戻したら、葉子はあわてたそぶりでそっぽを向いた。この子もベランダを見ていたのかもしれない。父親だ、それくらいは真一にもわかるし、そのときの気持ちも見当がつく。だが、問題はそこから先、どんな表情でなにを話しかけてやればいいか、だった。

「なにやってるんだろうな、ママ、約束忘れちゃったのかなあ」

少し怒ったふうに言ってみた。葉子の失望をすくいとったつもりだったが、当の葉子は「しょうがないよ」とあっさりいなし、逆に母親をかばって「ママ、ほんとに忙しいんだから」とつづけた。

実際、菜々子は休む間のないほど忙しい毎日を過ごしている。二月に葉子の弟――孝史《たかし》が生まれた。いまは這《は》い這《は》いを覚え、手に握ったものはなんでも口に入れてしまう、ひとときも目の離せない時期だ。そのぶん、葉子は寂しい思いをしているはずだった。

「どーせタカくんが泣いてるんじゃない？　一回泣きだすと、ちょーしつこいんだもん」

笑いながらの口調にトゲがひそんでいるような、いないような。

「パパはいいよね、そういうの知らないから」

こっちにはトゲが確かにある。耳と胸が痛い。リストラの嵐《あらし》が吹き荒れる電器メーカーの営業職だ、人員整理された同僚のぶんも仕事を背負わされ、平日は残業つづきで子供の寝顔しか見られない。葉子が最近爪《つめ》を噛《か》むようになったことも、食べ物に好き嫌いができたことも、菜々子から聞かされるだけだった。

葉子と二人きりになるのは、いったい何カ月ぶりだろう。「ちょっと葉子にさかあがり教えてくれない?」と真一に言った菜々子は、ほんとうに頼みたいことは別にあるんだとも目配せで伝えていた。わかっている。それがとびきり厄介な頼み事だということも、ちゃんと。

「よし、いまのうちにたくさん練習しよう」真一は張り切った声を出した。「ママに見せるとき、一発で成功したらカッコいいぞ」

「べつにそんなの関係ないじゃん」

葉子はまた唇をとがらせて、不機嫌な顔のまま鉄棒をつかんだ。失敗しても笑わないようしつこく念を押し、何度も大きく息をついて腕に力を溜《た》め込んでから、地面を蹴り上げた。

失敗――。

真一がこらえたのは、笑いではなく、ため息だった。

全然なっていない。もっと強く蹴らないとだめだ。体があんなふうに最初から伸びきっていたら、尻が持ち上がるはずがない。鉄棒をつかむ手の間隔も広すぎるし、肘《ひじ》をたたむタイミングが遅いし、なにより葉子の体は、鉄棒を軽々こなすにはちょっぴり……かなり、太すぎる。

葉子は決まり悪そうにスパッツの尻をはたきながら言った。

「さかあがりなんかやって、なんの意味があるわけ？　おとなになってさかあがりすることなんてあるの？　ないでしょ？　こんなのやる暇があったら、九九の練習したほうが、まだましじゃん」

真一は小刻みにうなずいて笑った。子供の頃の自分と同じだ、と思う。真一もやはり小太りの子供だった。体育があまり得意ではなく、特に鉄棒が苦手で、悔しまぎれに屁理屈《へりくつ》を持ちだしては先生や友だちにあきれられていた。

「文句言わずにがんばれよ。お尻と背中、パパが支えてやるから」

「いいよ、一人でやるから、あっち行ってて」

よけいなところでプライドが高く、負けず嫌いで、すぐに意地を張ってしまう。そこも似ている。

真一は言われたとおり鉄棒から離れ、少し歩いて、砂場のそばのベンチに腰をおろした。

背もたれにかけた腕を広げて、座ったまま伸びをした。肘の少し上が痛い。肩も重い。最後にさかあがりをしたのは何年前になるだろう。十年や二十年ではきかないはずだ。両手の掌《てのひら》には、ほんの少し、錆《さ》びた鉄のにおいが残っていた。

葉子はあいかわらず、重すぎる尻を持て余して鉄棒にぶら下がっている。脚は、時計の文字盤でいうなら6と9の間を行ったり来たりする。尻をグッと持ち上げるタイミングさえつかめばなんとかなりそうだが、いまのままでは、とうぶん無理だろう。

苦笑交じりに空を見上げると、青く高い空のてっぺんに向かって飛行機雲が伸びていた。このところ週末になると天気が崩れていたが、今日はひさしぶりに晴れ上がった日曜日だ。吹き抜ける風も砂埃《すなぼこり》を舞わせるほどではなく、暑すぎも寒すぎもしない心地よさに、目をつぶればそのまま眠ってしまいそうだった。

ベンチからだと我が家を正面に見ることができる。ベランダには、まだ菜々子の姿はない。家を出るとき、孝史は菜々子に抱かれて哺乳壜《ほにゅうびん》のミルクを飲んでいた。いまは昼寝の時間だろうか。菜々子が添い寝をしていないと、すぐに目を覚ましてしまう。機嫌のよくないときには、菜々子がちょっと動いただけで、だめだ。孝史には、そういう神経質なところがある。急に高い熱を出すことも多い。手のかかる赤ん坊だ。

「葉子の爪、ぎざぎざになっちゃって、血もにじんでるの。寂しがってるのはわかるし、かわいそうなんだけど、どうしようもないじゃない」

いつだったか、菜々子は目に涙を浮かべて言った。

「でも、もう二年生なんだから、ママだって大変なんだってわかってるだろ」と真一が言うと、「頭の中ではわかってても、そんなふうに割り切れるものじゃないわよ」と返された。

「まあな……そうかもな」

「葉子って、あなたが思ってるのより、ずーっと子供なんだから」

別の日には、菜々子はこんなことも言っていた。

葉子は孝史の面倒をよく見てくれるのだという。一年生の頃には言われないとやらなかったママのお手伝いも、自分からどんどん仕事を見つけ、ときにはママの言いつけを先回りして「やっといてあげたよ」と自慢することもある。

「嬉《うれ》しいんだけど、なんだか、かわいそうになっちゃうのよ」

「おねえちゃんになって張り切ってるんだから、いいじゃないか」

「そんな単純なものじゃないわよ」

「そうかなあ」

「葉子って、あなたが思ってるのより、ずーっとおとななんだから」

矛盾にはならない。つまりは、真一が葉子のことをなにもわかっていない——ということなのだ。

言い返すつもりはない。弁解もしない。

ただ、懐《なつ》かしいな、と思う。

爪を嚙んで寂しさを紛らす葉子よりはおとなで、ママの苦労を気遣う葉子よりは子供だった小太りの少年が、真一の記憶の中にいる。

掌を嗅《か》いでみると、錆びた鉄のにおいは、まだあった。こんなにおいだったよな、鉄棒って。掌をもう一度鼻先に近づけて、今度は息をゆっくりと大きく吸い込んだ。

最後にさかあがりをしたのがいつだったかは思いだせなくても、最初に——生まれて初めて世界が逆さに回った、そのときのことは、はっきりと覚えている。

葉子と同じ二年生、季節も同じ十月。

葉子は信じてくれるだろうか。

パパは〈さかあがりの神様〉に会ったんだ、さかあがりのコツを神様に教わったんだぞ……。

＊

故郷の町は、東京よりもずっと西にあった。そのぶん遅い夕暮れも、もう茜色《あかねいろ》が空からほとんど消えかかった頃だった。

真一は小学校の校庭で、さかあがりの練習をしていた。あせっていた。悔しさと情けなさで泣きだしてしまいそうだった。

最初はクラスの半分近かった〈できない組〉が授業のたびに減っていき、気がつけば残り数人になっていた。その日いっしょに練習をしていた〈できない組〉の仲間も、一人また一人と「できたあ！」の歓声とともに家に帰ってしまい、校庭に残ったのは真一だけだった。

下校のチャイムはとうに鳴っていた。暗くなった空と、町を囲んだ山なみとの境目が、もう見分けられない。北風にさらされた鉄棒を握り直すたびに、肩や背中が冷たさにゾクッと縮んだ。

掌や指の節にできたマメが、うずくように痛む。どうしても尻《しり》が鉄棒より上にいかない。たまに、今度はいいぞ、というところまで来ても、下腹を鉄棒に引き寄せることができず、脚が地面に落ちてしまう。何度やってもだめだ。負けず嫌いの気力も萎《な》えて、もういいやあ、と鉄棒の下にへたりこんでしまった。

〈さかあがりの神様〉は、そんな真一の前に姿を現したのだった。

体の大きな男だった。ボアの付いた紺色のナイロンジャンパーを着ていた。校庭には明かりがないので顔はわからなかったが、なにか怒っているような雰囲気だった。

学校の用務員さんだ、と最初は思った。

真一はあわてて立ち上がり、半ズボンの尻についた砂を払いながら、「すぐ帰ります」と言った。

「逃げんでもええ」

しわがれた低い声が聞こえた瞬間、身がすくんだ。怖かった。目を上げて顔を確かめることもできない。

「さかあがりの練習しよるんか」

おとな同士でしゃべるときのように、笑いのない声だった。真一は思わず「ごめんなさい」と答えたが、顎《あご》も口もこわばっていて、うまく動かなかった。上目遣いでおそるおそる顔を見た。知らないひとだった。太い眉毛《まゆげ》とギョロッとした目がいっしょ

につり上がって、学校で一番おっかない山田先生よりずっと怖そうだった。小さくうなずいた

「できんのか」と男はつづけた。怒られる、としか思えなかった。

つもりだったが、男は声をさらに濁らせて言った。

「どっちな。できるんか、できんのか」

「……できません」

泣きそうになった。こんなに怖いひとに会うのは初めてだった。おとなの男のひと

に怒られるのも、初めて。それ以前に、おとなの男のひとと二人きりになったことも、

ほとんどない。

真一は赤ん坊の頃に父親を病気で亡《な》くしていた。母一人子一人の暮らしだった。親《しん》

戚《せき》や近所の男のひとは皆、真一に話しかけるときには優しい声をつくってくれた。そ

の理由と、「不憫《ふびん》な子」の意味を真一が知るのは、ずっとあとになってからのことだ。

「怖がらんでええけえ、いっぺんやってみいや」

男は鉄棒に顎をしゃくった。逃げだしたくても、足が震えてしまって動けない。助

けを求めようにも校庭に人影はない。

「おじちゃんが見ちゃるけえ、やってみい」

もう一度うながされた。声がほんの少しだけ優しくなったような気がしたが、早く

さかあがりをやらないと、また怖くなるかもしれない。

鉄棒につかまった。腕の幅を調節する間もなく、地面を蹴《け》り上げた。

今度もだめだった。腕も脚もくたくたに疲れていたし、男の視線が気になって、いままでの中でも一番ひどい出来だった。

「こりゃあ、ぜんぜんおえんのう」

男は、初めて笑った。笑ってもしわがれ声は変わらなかったが、つり上がっていた眉毛や目が人形劇の人形のように急に下がった。

怒られずにすんだ。

ほっとして息をつくと、怯《おび》えた気持ちと入れ替わるように、悔しさと恥ずかしさと、そして悲しさが胸に湧《わ》いてきた。

お父ちゃんがおらんけん——喉《のど》を迫《せ》り上がりかけた言い訳を、うつむいて押しとどめた。

父親のいない暮らしに負い目を感じていたわけではない。母親は簿記の資格を持っていたので生活には困らなかったし、ものごころつく前に亡くなったのが逆によかったのだろう、父親との思い出をたどって悲しくなることもなかった。

それでも、寂しさは、ある。ときどき不意打ちのように胸を刺す。父親に肩車してもらっている友だちを見かけたとき、父親のこぐ自転車に二人乗りする友だちに声をかけられたとき、いたずらをして父親にびんたを張られた友だちに、赤く腫《は》れた頰を触らせてもらったとき……。

さかあがりでも、そうだ。父親に手伝ってもらって練習したという友だちにならって、何日か前、さかあがりのコーチを一度だけ母親に頼んだ。しかし、尻を持ち上げてもらおうにも、母親の細い腕では小太りの真一の体を支えきれない。地面に落ちる脚といっしょに母親まで尻餅《しりもち》をついてしまい、母親はまだがんばるつもりだったが、真一のほうが「もうええよ、危ないから」と止めたのだった。

瞼《まぶた》が重くなった。いけない、と思ったとたん、涙があふれた。歯を食いしばったすすり泣きは、やがて嗚《お》咽《えつ》交じりの涙に変わり、最後は鉄棒に目元を押しつけて、声をあげて泣いた。冷たい鉄棒に涙の温《ぬく》もりが滲《し》みていく。錆びた鉄のにおいに、しょっぱさが溶けた。

「もういっぺん、やってみい」

男が言った。濁った声を、もう怖いとは感じなかった。一度泣いてしまえば、悲しさも恥ずかしさも消えて、残ったのは誰にぶつけていいかわからない悔しさだけだった。

「今度は脚を上げるときに『このやろう！』思うてやってみい。肘をもっと曲げて、脚いうよりヘソを鉄棒につけるつもりで、腕と腹に『くそったれ！』いうて力を入れるんじゃ。目もつぶっとけ。そうしたら、できるわい」

真一は鉄棒を強く握りしめた。

もう一度——これで最後。

肘を深く折り曲げ、「このやろう！」と心の中で一声叫んで、脚を跳ね上げた。ヘソをつけろ。腕と腹が痛い。目をつぶり、息を詰めて「くそったれ！」と叫び声を奥歯で嚙《か》みしめた。

あと少し。いいところまで来たが、これ以上、尻が上がらない。

そのときだった。

尻がフワッと軽くなった。

掌で支えてもらった——と思う間もなく、体の重心が手前に傾き、腰から上が勝手に動いた。世界が逆さに回った。自分でもなにが起きたのかわからないほどあっけなく、そしてきれいに、さかあがりは成功したのだ。

「できたじゃろうが」

男は初めて笑った。思ったより遠くにいた。手を伸ばして尻を支えるには距離がある。ということは自分の力で……いや、しかし、半ズボンの尻には、掌で押し上げてもらった感触がまだ残っていた。

「もういっぺんやってみい。体が忘れんよう、練習するんじゃ」

言われたとおり、何度も練習した。ずっと成功がつづいた。尻が鉄棒を越えるときに掌に支えられる、それも同じ。だが、成功して脚を地面についたあと、すぐに目を開けて確かめると、男はいつも鉄棒から離れたところで腕組みをして立っているのだった。

何度目だったろうか。初めて、掌に支えられることなくさかあがりに成功した。

「やったあ!」

思わず声をあげて男の姿を探した。

どこにもいなかった。

神様だ、と思った。〈さかあがりの神様〉が助けてくれたのだ、と信じた。

それを確かめたくて、もう一度やってみた。だいじょうぶ。何度も繰り返した。できる。「このやろう!」と「くそったれ!」がなくても、世界は気持ちいいぐらい簡単に逆さに回ってくれる。

なぜだろう、それは初めて体験したはずの感覚なのに、ずうっと昔に味わった心地よさが蘇《よみがえ》ったような気がしてならなかった。

＊

葉子は一心にさかあがりの練習をつづけているが、何度やってもだめだ。時計の文字盤でたとえて6と9の間を行き来していた脚も、繰り返し練習して疲れてきたのだろう、8までしか上がらなくなっていた。

ちょっと休憩させたほうがいいな、と真一はベンチの背もたれから体を浮かせた。ひさしぶりに昔のことを思いだしたせいか、背中の奥深くがむずがゆい。

葉子に声をかけようとしたら、自転車に乗った男の子が一人、公園に入ってきた。葉子は鉄棒から手を離し、やだあ、というふうに男の子をにらみつけた。男の子も葉子を見つけると、自転車を蛇行させながら鉄棒に近づいていく。

知り合い――男の子の背格好からすると、同級生かもしれない。

男の子が甲高い声でなにか叫んだ。葉子もすぐに言葉を返す。舌足らずな声なのでなにを言っているかは聞き取れなかったが、どちらも険のある口調だった。

男の子は鉄棒の前で自転車を止め、葉子は鉄棒を砦代《とりで》わりに、さらになにごとか言い合った。男の子は、葉子がさかあがりができないのをからかっているようだ。横浜マリノスのグラウンドコートを前を留めずに羽織った、いかにも悪ガキふうの少年だったが、葉子も負けていない。九九の七の段を早口に言って、悔しかったら九九テストに合格してみろ、と鼻の頭を思いきり持ち上げる。

悪口のネタが尽きてしまうと、あとは「バーカ!」「ブース!」の応酬になった。あまりひどくなりそうなら止めてやるつもりだったが、二人は口ゲンカをしながらじゃれあっているようにも見える。それに、葉子は真一に助けを求めていない。脅し文句にぐらいは使えるはずなのに、ここに父親がいることすら、おくびにも出していないのだ。

真一はベンチに座り直した。マンションに目をやると、リビングのブラインドが上がっていた。窓が開く。菜々子がベランダに出てきた。タオルケットを取り込んでから、フェンスに頬づえをつき、やってる? というふうに手を振った。真一は笑いながら両手で×印をつくった。葉子にも教えてやろうとしたが、その前に菜々子は頬づえをはずし、少し前かがみになってリビングを覗《のぞ》き込んだ。真一に向き直って、ごめんね、と両手で拝むポーズをとりながら、あわただしげに部屋に戻っていく。孝史の細い泣き声が切れ切れに聞こえてきたような気がしたが、いくらなんでもそれは空耳だろう。

窓が閉まり、ブラインドが下りた。葉子はまだ男の子とやり合っている。菜々子には気づかないまま——いや、わからない、気づかなかったふりをしているのかもしれない。

だとすれば、ちょっとつらいな。真一はため息をついて空を見上げた。さっきに比べると、少し雲が増えてきたようだ。

煙草《たばこ》を一本吸いながら、右の掌《てのひら》を開いたり閉じたりした。〈さかあがりの神様〉は、あの頃何歳だったんだっけ。還暦の祝いが何年前だったかを思いだせば簡単に計算できるはずだが、なんとなくそれが億劫《おっくう》で、いまのオレぐらいだったんだろうな、と勝手に決めた。

葉子はパパの掌を大きいと感じることがあるだろうか。分厚くて、あたたかいと思ってくれているだろうか。あまり自信はないが、そうであってほしいな、と願った。

＊

〈さかあがりの神様〉と出会った数日後の日曜日、我が家を訪ねてきた客があった。

日頃から真一たちの面倒を見てくれている母親の長兄が連れてきた。

「真ちゃんもよう知っとる思うがのう」

伯父はもったいぶって言って、玄関の外にいたひとを呼んだ。

大きな体のひとだった。背広にネクタイ姿だった。最初は誰だかわからなかったが、そのひとが照れくさそうに太い眉毛をひくつかせているのを見て、思いだした。

「さかあがり、もう一人でできるようになったか」

〈さかあがりの神様〉は、この前と同じ、ぶっきらぼうなしわがれ声で真一に訊《き》いた。

上がり框《がまち》にたたずんだ真一は、思いがけない再会に戸惑ったまま、黙ってうなずいた。まだ少しおっかない。恥ずかしさもある。もう会えないと思っていた神様にまた会えて、嬉《うれ》しいのか、嫌なのか、よくわからなかった。

そんな真一を見て、伯父はにこにこ笑っていた。家にいるのによそゆきの服を着た母親は、うつむきかげんに目をしばたたいた。

食卓には、真一の誕生日に負けないぐらいのごちそうが並んだ。母親がかしこまって勧めるビールを、〈さかあがりの神様〉はもっと緊張した様子で受けた。母親のグラスには、伯父がビールを注いだ。遠慮する母親に、伯父は「まあよかろうが、お祝いなんじゃけえ」と言っていた。

なんのお祝いなのか真一にはさっぱりわからない。ぼんやりと母親と伯父を見比べていたら、〈さかあがりの神様〉がオレンジジュースをグラスに注いでくれた。「ありがとう」と言えずに小さくお辞儀をすると、〈さかあがりの神様〉のほうも、なにか言葉に詰まってしまったみたいに、正座した膝《ひざ》をもぞもぞと動かした。

手酌で自分のグラスにビールを注いだ伯父は、座を見渡しながらひとつ大きくうなずいて、〈さかあがりの神様〉に少しあらたまった口調で言った。

「これから、よろしゅう頼みます」

母親も畳に手をついて頭を下げた。〈さかあがりの神様〉も、同じように。

きょとんとする真一に、伯父は嬉しそうに言った。

「よかったのう、真ちゃん。お父ちゃんができたんじゃ」

あとになって母親と伯父から聞いた。義父と校庭で会ったのは、真一が少しでも早くなつくように、という伯父のアイデアだったのだ。文字どおり子供だましの出会い方だったが、その目論見《もくろみ》は確かに当たり、真一は三人家族の新しい暮らしをすんなりと受け入れることができた。

義父は無口なひとだった。子供との話し方がよくわからないらしく、いつも怒ったようにしかしゃべれなかった。それでも、耳が慣れてしまうと、義父のしわがれ声は、他のひとの優しい声よりもずっとあたたかく聞こえるようになった。おとなの男のひとのたくましさや強さを、理屈ではなく、尻《しり》を支えて持ち上げてくれた掌の感触で実感していたせいかもしれない。

〈さかあがりの神様〉は、ときどき〈スキーの神様〉にもなったし、〈キャッチボールの神様〉にもなった。マッチの使い方も、水泳のクロールも、魚釣りのコツも、すべて義父から教わった。木工所に勤める義父は、口数が少ないかわりに手先が器用だった。分厚い掌や太い指がびっくりするほど細かく動くのを見ているだけでも飽きなかった。

「お父ちゃん、お父ちゃん」と甘えてまとわりつくわけではなかったが、ずっと言えなかった言葉を、いつでも、何度でも、口にできる。それがほんとうに嬉しかった。

だが、義父は真一の〈お父ちゃん〉になるだけのために我が家にやってきたのではなかった。母親も、もう真一の〈お母ちゃん〉だけではなくなった。

再婚の一年後、母親は赤ん坊を産んだ。男の子だった。〈裕太《ゆうた》〉と名付けられた。

真一がひそかに期待していた〈真二〉ではなかった。義父も母親も赤ん坊にかかりきりになった。日曜日になると、義父の側の親戚が入れ替わり立ち替わり裕太の顔を見るために我が家を訪れた。

母親は裕太の世話に追われながら、ときどき真一をじっと見つめることがあった。すまなそうな顔をして、なにか言いたげに口が動きかける。そのたびに、真一は逃げるように別の部屋に駆け込んだり、用もないのに庭に出たりした。謝られたり慰められたりしたくなかった。

裕太目当ての客が家に来た日曜日は、真一はたいがい小学校の校庭に向かった。鉄棒につかまって、さかあがりを何度もやった。コツを覚え込んだので、もう失敗することはない。両脚を最初から宙に浮かせたまま、腰のバネだけでクルッと回れるようにもなった。だが、尻を支えてくれた〈さかあがりの神様〉の掌の感触は、もう思いだせなかった。

裕太に両親を独り占めされていたのは、せいぜい二、三年というところだった。

その後は、両親は真一と裕太を同じようにかわいがってくれた。邪魔者扱いされた記憶はない。特に義父は、子供の真一にもわかるほど気を遣ってくれた。裕太のことは厳しく叱《しか》っても、真一には声を荒らげることすらなかった。無口でぶっきらぼうなところはあいかわらずだったが、少ない口数のきっと半分以上は真一に向けられていたはずだ。

故郷で暮らした日々は幸せだった。義父に出会えてよかった。その思いに嘘《うそ》はない。それでも、裕太が生まれた頃に感じてしまった寂しさは、何年たっても消えることはなかった。その寂しさがあるかぎり、義父に心からなつくことはできなかった。

地元の高校を卒業し、大学進学のために上京してからは、年を追うごとに故郷とは疎遠《そえん》になった。

母親は五年前に亡《な》くなり、故郷の家は裕太が継いだ。年老いた義父は、いま、裕太の一家といっしょに住んでいる。

今年の年賀状は家族写真だった。裕太と裕太の妻とよちよち歩きの息子と、ずいぶん体が小さくなった義父。写真の脇《わき》に、裕太は書き添えていた。——「たまには帰ってきてください。オヤジも兄貴に会いたがっています」

＊

葉子とさんざんやり合ったすえ、男の子は自転車をとばしてどこかに行ってしまった。

あとに残った葉子は、またさかあがりの練習を始める。

真一はベンチから立ち上がり、鉄棒のそばまで行って「手伝ってやるよ」と声をかけた。

「いいってば、自分でやるから」

「じゃあ、ひとつだけ、いいこと教えてやる。今度は脚を上げるときに『このやろう！』って思ってみなよ。肘《ひじ》をもっと曲げて、おヘソを鉄棒につけるつもりで、腕と腹に『くそったれ！』って力を入れてみろよ」

「えーっ？　なんか、下品ぽいよお」

「なに言ってんだ、さっきのケンカすごかったじゃないか。あの調子で、そうだよ、あの男の子に『負けるもんか！』って気持ちでやればいいんだ」

「ケイスケなんて、関係ないもん」

「クラスの子か？」

「そう。ちょー生意気なの、女子みんな嫌ってるんだから」

なるほどな、とうなずいた。おぼろげだった三十年前の教室の風景が少しだけくっきりしてきた。小学二年生――神様やお化けのことを、まだ信じていた頃。男子と女子はケンカばかりしていて、なぜ世の中には男と女がいるのか不思議でたまらず、ただ、ほんとうは男と女は仲良しなんだとうっすらと気づいていた、そんな頃だったのだ、小学二年生というのは。

「いいから、パパはあっち行っててよ」

「ここで見てるから」

「手伝ったりしないでよ」

「しないしない。いいから早くやれよ。おヘソをくっつけるつもりで、『負けるもんか！』と、そうだな、『大っ嫌い！』と、あと、目をギュウッとつぶるんだ。いいな」

〈さかあがりの神様〉直伝のコツなんだぞ、と心の中で付け加えた。

葉子は不承不承ながらも鉄棒をつかみ、目をかたく閉じて、地面を蹴《け》り上げた。

脚が時計の文字盤の9に来た、そのタイミングを狙《ねら》って真一は脚を前に踏み出し、腕を思いきり伸ばして、葉子の尻を掌で支えた。そのまま上へ、押す。尻が鉄棒を越えた。よし、いいぞ。体が回った。

「できたじゃないか」

腕と脚をひっこめた真一は、素知らぬ顔をして言った。

「だって、いま……」

葉子は頬をふくらませた。真一をにらみかけたが、困惑したふうにまなざしが落ち着かない。初めての成功に、驚いて、照れて、父親のおせっかいを怒ってもいて、ふくらんだ頰がぱあっと赤くなった。

「ほら、どんどん練習しろ、体で覚えるんだ」

ぶっきらぼうに言ったほうがいい。これも〈さかあがりの神様〉が教えてくれたことだ。

二度目は、脚が最初から10まで上がり、尻を軽く支えるだけでじゅうぶんだった。

三度目は、掌を添えるポーズだけ。

四度目。真一は腕組みをして見守り、葉子が着地するのと同時に拍手を送った。

「オッケー、完璧《かんぺき》だったぞ、いまの」

声をかけて、ちらりとマンションを見た。誰もいないベランダで、洗濯ロープに掛かったタオルハンガーが風に揺れていた。

すぐに葉子に向き直る。「すごいなあ、あっというまに覚えたじゃないか」と、オーバーな身振りをつけて言った。

葉子は掌をこすり合わせながら、「あーあ、手にマメができちゃった」とつまらなそうにつぶやいた。マンションには目を向けない。真一もなにも言わなかった。いちばんつらい思いをしているのはママなんだと、葉子にもいつか――三十年もたたないうちに、きっと、わかる。

「『デニーズ』、行くか」

「うん……」

「パフェ、おかわりしていいからな」

葉子は「やだぁ、パパ、あたしをブタにする気?」と、おとなっぽいのか子供っぽいのかわからない笑みを浮かべた。

＊

葉子はフルーツパフェを一匙《さじ》ずつ味わって、おいしそうに食べていった。真一はコーヒーを啜《すす》りながら、目を細めたりまなざしの角度を変えたりして、明日からはまた寝顔しか見られない娘の、ちょっとしたしぐさや表情の変化を追いかける。休日に寝だめをするのと同じように、しっかりと見ておきたい。

葉子は最後まで大事にとっておいたサクランボを口に入れて、両手の掌をかざした。

「マメ、お風呂《ふろ》入ったら滲《し》みそう」

「肩や腕が痛くなるぞ、明日は」

「うん。でも、水曜のテストで鉄棒は終わりだもん。今度は、跳び箱」

「そうか……」

「そうなの」

サクランボの種を捨てて、まいっちゃうよね、とため息交じりに笑う。葉子は跳び箱も苦手だ。去年は、床に四《よ》つん這《ば》いになった真一の背中を跳び箱代わりにして特訓したのだった。

「でもさあ、パパ、さかあがりって、ほんとに、なんの役に立つわけ？」

「なんの役にも立たないよ」

「でしょ？　だったら、なんでやらなくちゃいけないんだろ」

「わかんないな、パパにも」

「まあ、もうできちゃったから、べつにいいんだけど」

素直に喜ぶのが照れくさくて、すねてしまう。損な性格だ。大きくなってから、なにかと苦労することになるだろう。

「でも、できなかったものができるようになるのって、気持ちいいだろ」

「うん……まあ、べつにそんなでもなかったけど……」

いまはわからなくてもいい。おとなになれば、わかる。さかあがりが初めてできたときのような「やったあ！」と叫びたくなる喜びや感動に、この子はこれから何度出会えるだろう。たくさん出会ってほしいから、来週の日曜日は〈跳び箱の神様〉になってやろう、と決めた。

「さっきの男の子、ケイスケくんって言うんだっけ、あいつなんかスポーツ万能なんだろうな」

「そうでもないよ。足は速いんだけどね、鉄棒とか苦手なの」

「なんだ、じゃあ、いっしょに練習すればよかったのに」

「げーっ」

葉子は大袈裟《おおげさ》に顔をしかめ、ケイスケがいかに生意気で乱暴者で勉強ができなくてカッコ悪くて女子に嫌われているかを、むきになってまくしたてた。

真一はそれを苦笑いでいなして、「だけどさあ」とからかう顔と声で言った。「おまえ、さっきパパを呼ばなかっただろ。そんなに嫌な奴《やつ》だったら、パパ、ぶん殴ってやってもよかったのになあ」

「だって……かわいそうじゃん、パパ呼ぶと」

声がくぐもった。真一が「なんで？」と訊《き》くと、ほとんど息だけの早口で「ケイスケってお父さんいないの。幼稚園の頃、離婚しちゃったんだって」と言う。

「離婚」という言葉が、くっきりと耳に届いた。聞きかじりではない。ちゃんと意味がわかっていて、世の中にはそんなこともあるんだと受け入れている。それがいいのか悪いのかはわからないが、「葉子って、あなたが思ってるのより、ずーっとおとななんだから」と菜々子が言っていたのは、こういうところなのだろう。

「みんな、ケイスケの前でお父さんの話とかしないようにしようねって、約束してるの。かわいそうだもん」

真一はテーブルに身を乗り出して葉子の頭を撫《な》でながら、「パパは、かわいそうっていうのは違うと思うけどな」と言った。

「そう?」

「うん、ちょっとな、ちょっとだけ違うんだよ」

そのことがわかる女の子に育ってほしい、と思う。

『デニーズ』に向かうときも、パフェを食べているときも、「最後にもう一回だけ練習して帰ろうか」と公園に戻る間もずっと、葉子は菜々子との約束のことを一言も口にしなかった。

忘れたふりをしている。だから、歩きながら爪《つめ》を嚙《か》む。もう深爪になっているはずなのに、まだ何本か乳歯の残る小さな歯をカチカチとせわしなく動かしていく。

公園の入り口まであと少しというところで、真一は足を止めた。

「そっか、パパ、忘れてたよ、ごめんごめん」

いま思いだしたような口調になってくれただろうか。

「ママに言われてたんだ、葉子がさかあがりできるようになったら、すぐ電話してくれって。いまからやるよって電話したら、そのときだけベランダに出ればいいんだから、って。ぜんぜん忘れてた、いやあ、まいったなあ」

何歩か先に進んでいた葉子も立ち止まった。だが、真一を振り向くしぐさは、いかにも気乗りのしない様子だった。

「門のところに電話ボックスあるだろ、パパ、電話してくるから、葉子は鉄棒のところに行ってろよ」

「そんなのしなくていいってば、べつに関係ないもん、ママとか」

「だいじょうぶだよ、さっきもあんなにうまくやれたんだから。成功したところ見せてやれよ。ママ、びっくりするぞ」

葉子はうんざりしたように肩を落とした。

「あのね、パパ知らないと思うけど、電話かけても通じないんだよ」

「なんで？　ママいるだろ、部屋に」

「タカくんがお昼寝してるときは、ずーっと留守番電話になってて、ベルも鳴らないようにしてるの。そうしないとタカくん、すぐ起きちゃうんだもん」

真一は言葉に詰まった。とっさにごまかそうとしたが、あせればあせるほど胸がつっかえてしまう。

父親の困惑と後悔を見抜いたのか、葉子はそっぽを向いて、あーあ、と息をついた。

「だからさあ、タカくんがお昼寝してると、友だちから電話かかってきてもわかんないんだもん。もう、サイテー、ちょーむかつく」

言葉遣いは荒れていたが、口調は乱暴になりきれない。つまらない嘘も、なんとか許してくれたようだ。

真一は葉子に歩み寄って、肩に掌《て》を置いた。

「ごめんな」でも「ありがとう」でもない言葉を言ってやりたかった。

「パパも、ちょーむかついちゃったよ」

ちょっと違う——とわかっていたが、とりあえず、つづけた。

「いまはタカくんも赤ちゃんだからあれだけど、もうちょっと大きくなったら、パパが思いっきり鍛えてやるからな。ほんとだぞ、ビシビシ鍛えて、それできょうだいゲンカとかしたら、パパぜーったいに葉子の味方になってやるから」

葉子はくすぐったそうに身をよじって真一の掌をはずし、「ねえ」と甘えた声を出した。「いいことっていうか、ほんとのこと教えてあげよっか」

「なにが?」

「あのね、さっきパパ言ってたじゃん、『負けるもんか!』と『大っ嫌い!』ってケイスケのこと考えながら、さかあがりやってみろって」

「ああ。だから、うまくいったんだよ」

「でもね、あたし、ケイスケのこと考えてなかったの」うつむいて、頭を真一のおなかにこすりつける。「『大っ嫌い!』って……ほんとはね……ほんとは……」

真一は葉子の頭を両手で抱いた。つづく言葉を言わせたくない。

かわりに、聞かせたい言葉がある。やっと見つけられた。拍子抜けするほど簡単な言葉だった。

「パパもママも、葉子のことが大好きだからな。ずーっと、だいだいだい、だーい好きだからな」

真一の腕とおなかに挟まれた葉子の頭が、窮屈そうに小さく、けれど確かに、何度か縦に動いた。

義父のことを、思う。

「おまえのことが大好きだ」と口に出して言えるようなひとではなかった。無口でぶっきらぼうなひとの背中から思いを感じ取るには、真一も幼すぎた。

いまなら──わかる。

子供が寂しいときは、親だって寂しい。

それがやっとわかる歳《とし》になった。

葉子を強く抱きしめた。小さく、あたたかく、やわらかい我が子の体と心がいとおしくてたまらない。抱きしめられているのは自分のほうかもしれない、そんな気も、した。

先に立って公園に入った葉子は、門をくぐったところで不意に足を止めた。

「やだあ、なんで？」

鉄棒には先客がいた。ケイスケが、さっきの葉子と同じように一人でさかあがりを練習していたのだ。

蹴り上げる脚は、惜しいところまで来ている。あともうちょっと尻《しり》が上がればいいのだが、そこがうまくいかない。

「しょーがないなあ、ぜんぜんできないじゃん、あいつ」

葉子は余裕たっぷりに言う。「おまえだって、さっきはもっとひどかったんだぞ」と真一が言っても、「さっきはさっき、いまはいま」と胸を張って返す。いい気なものだ。

ケイスケは、自分なりに作戦を立てたのだろう、助走をつけて鉄棒につかまり、その勢いで地面を蹴ろうとした。だが、助走のスピードに鉄棒をつかむ手の力が追いつかず、バンザイのポーズで尻餅《しりもち》をついてしまう。

「痛そーっ……」

肩をすくめてケイスケから顔をそむけた葉子は、次の瞬間、「あっ」と短く声をあげて、両手を大きく頭上に掲げた。

マンションのベランダに、菜々子がいた。孝史を抱っこして、やっと気づいたの？というふうに笑っていた。

真一は、葉子の背中を軽く押した。

「ケイスケくんにお手本見せてやれよ。『負けるもんか！』と『大っ嫌い！』のことも教えてやれば、あの子もすぐできるようになるから」

葉子はこっくりとうなずいて、鉄棒に向かって駆けだした。

ケイスケとの口ゲンカは、今度は二言三言でけりがついた。「いい？　ちょー簡単なんだから」と葉子は鉄棒をつかみ、ケイスケが言い返すのをさえぎって、さかあがりをきれいに決めてみせたのだ。

着地のポーズまでつけて、マンションを見上げる。

菜々子は片手を振って応《こた》え、孝史を腕の中で弾ませるようにして抱き直した。ほら、タカくん、おねえちゃんってすごいでしょ——きっと、そう言っている。

葉子は唖然《あぜん》とするケイスケに向き直って、さっそくコーチを始めた。鉄棒の握り方から、腕の幅、足の位置、地面の蹴《け》り方……。しおらしく聞いていたケイスケが「なんだよ、それ、バカみたいじゃん」と吹きだしたのは、「負けるもんか！」と「大っ嫌い！」のところだったのだろう。

「とにかく、やってみなよ。ほんとに、すっごい簡単にできちゃうから」

半信半疑のふくれつらで、ケイスケは地面を蹴り上げる。

失敗——。

それでも、さっきよりずいぶん尻が上がった。そんなに時間はかからないだろう。あとちょっと、お尻を一瞬だけ支えてやれば、だいじょうぶ。

「惜しい惜しい、もう一回やってみなよ」と葉子に励まされたケイスケは、グラウンドコートを脱ぎ捨てて、また鉄棒をつかんだ。

いいぞ、負けず嫌いな子だ。

真一は両肩を軽く回した。息を吸い込みながらズボンのポケットの中で掌を開いて、閉じる。葉子がこっちを見る。察しよく、いたずらを仕掛けるときのような笑みを浮かべた。

〈さかあがりの神様〉は照れ隠しに肩をそびやかして、鉄棒に向かってゆっくりと歩きだした。

フイッチのイッチ

1

ネコかぶってたんだな、あいつ。

転校二日目で、それがわかった。正体が見えた。化けの皮がはがれたってやつだ。

「山野《やまの》朋美《ともみ》といいます。転校って初めてなんで、不安でいっぱいです。皆さん、仲良くしてください」

頬と耳を真っ赤にして、か細い声で言って、叱《しか》られて謝るみたいに頭を深々と下げる——だまされた、みんな。

第一印象は、とにかくおとなしくて、体がちっちゃくて、いや、体のサイズはだましようがないんだけど、でも、挨拶《あいさつ》だけで帰ってしまった昨日と比べると、今朝のあいつは体が一回り大きく見えてしかたない。

『朝の会』が始まるまでにはまだ時間があるのに、教室はしんと静まり返っている。

机に突っ伏した芦沢《あしざわ》みどりのすすり泣きの声と、芦沢を取り囲んだ女子の何人かの

「だいじょうぶ？　痛くない？」「保健室行こうか？」「ケガしてない？」というひそひそ声だけが聞こえる。もっと小さな声で山野朋美の悪口を言っている子もいるんだろうけど、それはぼくの席までは届かない。

山野朋美は芦沢の斜め前の席について、そ知らぬ顔でランドセルから教科書を出している。「冷静」という言葉の意味を初めて実感した。「ふてぶてしい」も、べつに太ってる奴《やつ》にしかつかえない言葉ってわけじゃないんだと、わかった。

ぼくの後ろの席に座る市川雄太《ゆうた》が、背中をシャーペンでつついて「すげえな」と小声で言った。「あいつ怖えーっ」

ぼくもそう思う。小学四年生の二学期にもなれば、教室の女子どうしの口ゲンカは迫力満点だし、「そんなことないよ」「なに言ってんの、男子」「ねーっ？」といつもとぼけてごまかされるけど、シカトやハブのいじめだってキツい。でも、あいつは、そんなレベルを一気に、軽々と超えていった。

「いきなり、だもんな……」と市川が言う。

「だよなあ」とぼくもうなずく。

「圭祐《けいすけ》、瞬間、見たの？」

「見た見た、ばっちり」

「そっかあ、オレ、だめだった。バシーッて音がしたじゃん、で、ソッコーで振り向いたんだけど、もう終わってたの、サンゲキ」

サンゲキ——惨劇。おおげさじゃない。あれはたしかに、四年三組始まって以来の惨劇だった。

芦沢みどりは、クラスの女子の中でいちばんいばっている。気も強いし、体も大きいし、やることもエグい。女子の世界でいじめが起きたら、必ずいじめる側には芦沢がいる。男子だけで通じるあだ名は「組長」。そういう奴。昨日、山野朋美が帰ったあと、「よそ者だもんねーっ」「新入りじゃん」と芦沢組の子分を集めてしゃべっていたことも、ぼくは知っている。おとなしくて、体がちっちゃくて、わりとかわいっぽい山野朋美の明日からの運命を想像して、心配もした、ちょっとだけ。

ついさっき、ほんの二、三分前までは、ぼくが心配していたとおりの筋書きだった。芦沢は山野朋美の机に腰かけて友だちとおしゃべりしていた。「どいてくれない？」って言えるものなら言ってみなよ——と挑発する作戦だ。正面切って山野朋美が文句をつければ一瞬にして芦沢組を敵に回すし、なにも言えなければ自動的に芦沢の子分になってしまう。

山野朋美が教室に入ってくると、芦沢は子分たちと目配せして、にやにや笑った。

ひでーことするよなあ、女子って……。うんざりして、いじめの場面なんて見たくないからそっぽを向こうとした、そのときだった。

山野朋美は自分の席のそばまで来ると、ためらったりおびえたりするそぶりも見せずに、「どいて」と言った。挨拶のときとは別人のような、キン、と張り詰めた声だった。

芦沢は「はあっ？」と聞こえなかったふりをした。

すると、山野朋美は、ものも言わずにビンタを一発——。

不意をつかれた芦沢が机から転げ落ちるほどの強烈なビンタだった。まわりの連中は「ひっどーい」「暴力、ぼーりょく！」といっせいに声をあげたけど、山野朋美がちらっと目を向けると、いっせいにうつむいた。

始業チャイムが鳴る。芦沢はようやく泣きやんだ。でも、もう山野朋美にからんでいく元気や勇気はなさそうだった。真っ赤な目であいつの背中をにらむのがせいいっぱい。

山野朋美は芦沢の視線に気づいていないのか、無視しているのか、なにごともなかったかのように、シャーペンの芯《しん》を出したり引っ込めたりするだけだった。

「あいつ、ぜったい前の学校でスケバンだったんだよ」と市川が言った。

そうかもしれない。

「オンナの悪いのって、マジ悪いんだって。中学生とか、もっと年上のオトコとか、そーゆーのバックについてるから」

市川は勉強はできないくせに、そのテの話にはミョーにくわしい。

「オレらも気ぃつけようぜ、な、圭祐」

とりあえず「まあな」と答えたけど、山野朋美とぼくの関係は同級生というだけのものだし、ウチのクラスは男子と女子があまり仲が良くないから、気をつけなきゃいけないような場面が来るとは思えない。片思いとかになりそうな予感もない。ぼくは、強いオンナって、苦手だ。

『朝の会』が終わって一時間目の授業が始まるまでの短い休み時間に、山野朋美は席を立った。芦沢組の視線を背中に浴びながら教壇に向かい、教卓に貼《は》られた座席表を覗《のぞ》き込んで、顔を上げた。

目が合った。へえー、田中圭祐ってあんたなんだぁ、というふうに山野朋美は小さくうなずいた。ふうん、ふうん、なるほどねぇ、と——うなずきながら、かすかに笑った、ような気がしないでもなかった。

そんなあいつがぼくにさらに接近してきたのは、給食のあと。「ごちそうさま」をすませ、食器も片づけて、さあ昼休みはグラウンドでサッカーだ、と張り切って席を立とうとしたそのとき、後ろから「ねえ、ちょっといい?」と声をかけられた。

振り向くと、びっくりするほど近くに顔があった。

「なに?」ときくぼくの声は、少し震えてしまった。

あいつはくすっと笑い、「ねえねえ」と顔をさらに近づけてきた。

「田中くんちも離婚したんでしょ?」

うれしそうに言った。

種明かしは簡単だった。先生に昨日もらったクラス名簿を見ていたら、ぼくの保護者の名前がお母さんになっていたので、一発でわかったんだという。

「お父さんが死んだって可能性もあったんだけどさ、あたし、けっこう勘がいいの、こーゆーのは」

ひとの親を勝手に殺しかけて、得意そうに笑う。ムッとした。とーぜん。でも、「あっち行けよ、関係ねーだろ、バーカ」とは言えなかった。田中くんちも――と、山野朋美は言った。間違いない。確かに、そう言った。

「お父さんとお母さん、いつ離婚しちゃったの？」

「……けっこう昔。オレが幼稚園に入る前だから」

おまえんちは？　と返したかったけど、口がうまく動かなかった。

「じゃあ、けっこうベテランなんだ」

山野朋美はうなずきながら、ぼくの隣の遠藤由佳《ゆか》の席に腰かけた。市川たちが廊下側の窓から覗き込んで、なにやってるんだよ早くグラウンド行こうぜ、と手招きする。席を立った隙《すき》に椅子《いす》を奪われた遠藤が、ねえねえねえ見て見てひどいと思わない？というふうに芦沢たちのほうに駆け寄っていった。

ぼくはわざとひらべったい声を出して、「オレんちのことなんか関係ないじゃん、どーでもいいじゃんよ」と言った。

「どーでもよくないよ」山野朋美は、ぴしゃりと返す。「すっごく大事なことじゃん」

「……いや、だからさあ……なんつーの？　っていうか……」

市川たちに、先行ってろよ、と手振りで伝えた。芦沢組のほうをちらりと見ると、予想どおり、あいつら、おっかない目つきでこっちをにらんでいる。

でも、山野朋美は平気な顔で「それでさあ」と話をつづけた。「離婚の原因って、聞いてるの？」

首を動かしたつもりはなかったのに、「やっぱ、そっか、そうだよね」と一人で納得して、「カヤの外なんだ、田中くんも」とため息をついた。「田中くんも」と、また言った。今度はさっきに比べると、ちょっとわざとらしかった。ぼくのことをあれこれききながら、じつは小出しに自己紹介をしているのかもしれない。

「あのさ……山野さんちも、そうなの？」

「トモちゃん、でいいけど」

そんなこと言えるわけないだろ、男子が女子に。

「山野さんちも、親、離婚してるの？」

「まあね」

「……そうなんだ」

「でも、ウチ、まだホヤホヤだから」

笑いながら言った山野朋美は、「だから」とつづけた。「山野って名前、ぜんぜん慣れてないんだよね」

ぼくはちょっと違う。両親が離婚する前はお父さんの苗字《みょうじ》の「松下」だったけど、その頃は苗字で呼ばれるようなことはなかった。物心ついた頃から、ぼくは「田中圭祐」。物心ついた頃から、ぼくはお母さんと二人暮らし。その前のことなんて、想像できない。

「ねえ、田中くんはさあ、お父さんとお母さん、なんで離婚したんだと思う？」

「そんなの、わかんないよ」

「お父さんが酒乱でさあ、虐待《ぎゃくたい》してたとか」

違う違う、と首を横に振った。

「あと、お母さんが不倫しちゃったとか」

なに言ってんだよ、と笑った。

「嫁とシュートメみたいなのは？」

「べつに……なかったと思うけど」

「そっか、じゃあ、やっぱ、そうなんだね」

山野朋美はまた一人で納得して、これでもう用事はすんだというふうに勢いをつけて立ち上がった。

「性格のフイッチでしょ？　どうせ」

一瞬、フイッチが英語かなにかのように聞こえた。「スイッチ」とか「ピッチ」とか、そんな感じ。

「性格が合わないってことだよ、わかる？　イッチじゃないって意味。性格合わないと、ほら、夫婦ってキツいじゃん」

「フイッチ」を漢字でどう書くのかは知らない。「不」と「一」はわかっても、「チ」が書けない。

「田中くんちも、たぶんそうだよ。お母さんにきいてみなよ」

その気はなかったけど、テンポよく言われたせいで、思わず「うん」と答えてしまった。

「じゃあね、また」

山野朋美は軽く手を振って、ぼくから離れた。自分の席に戻るのかと思っていたら、わざわざ遠回りをする格好で教室の後ろの出口——芦沢組の脇《わき》を通って、外に出ていった。

芦沢組は、なにも手出しをしなかったし、文句もつけなかった。最初はひそひそと話しながら山野朋美をにらんでいたけど、あいつが正面に来ると、みんなうつむいたりそっぽを向いたりしてしまう。最後の最後、山野朋美が廊下に出てから「マジ、むかつく！」とだれかが言ったのが、やっとだった。

ぼくは席についたまま、何度か深呼吸をした。山野朋美としゃべったというだけで、こっちまで芦沢組に狙《ねら》われたらヤバいよな——って、男子としてちょっと情けないけど。

サッカーに行かなくちゃ、と自分に言い聞かせて立ち上がりかけたとき、離婚の話を教室でしたのは初めてだった、と気づいた。

この学校に、我が家が三人家族だった頃のことを知っている友だちはいない。幼稚園の頃から、ぼくはずーっと田中圭祐として友だちと付き合ってきた。「松下圭祐？だれ、それ」って感じ。

低学年の頃は、さっきの山野朋美と同じようにクラス名簿やマンションの表札で離婚に気づいた友だちもけっこういた。でも、みんな「離婚してるの？」ときくだけで、ぼくが「そう」と答えると、それ以上はなにも言わなかった。ぼくはちっとも気にしていないのに、たまたまおしゃべりに自分のとーちゃんのことが出てきただけで、あわてて口に手でふたをする奴もいたっけ。

四年生になってからは、離婚の話をしたこともきかれたことも一度もない。いままではそれを当たり前のように思っていたけど、よく考えてみたら、けっきょくみんな気をつかってるってことなんだろうか。

そういうのって、なんか、いやだな、と思った。といって「圭祐んちのとーちゃんとかーちゃん、バツイチだもんな」なんて言われるのも、あまりうれしくない。

じゃあ、どーすればいいんだよ——。

だれかにきかれたら、どう答えればいいんだろう、ぼくは。

学校が終わるとだれもいない家に帰って、晩ごはんのお米を研いで炊飯器のタイマーをセットする。朝、出がけにスイッチを入れた洗濯機から、脱水の終わった洗濯物を取り出して衣類乾燥機に移す。そこまでが毎日のぼくの仕事だ。宿題のない日には自分の部屋の掃除もしなくちゃいけないんだけど、それはまあ、テキトーってことで。

昨日のうちにお母さんが買っておいてくれたオヤツを食べて、服に着替え、学校のグラウンドに自転車でダッシュ。細いチェーンで首から提げた家の鍵《かぎ》は、サッカーをするときには少し邪魔だけど、ネックレスみたいでカッコいいじゃん、とも思う。

横浜Fマリノスのグラウンドコートのポケットには、ケータイも入っている。お母さんの仕事が残業になって買い物に行けないときには、メールが来る。〈牛乳1パック&トイレットペーパーよろしく〉みたいに。

お母さんが会社から帰ってくるのは、早くて六時過ぎ、遅いときには七時を回る。仕事がめちゃくちゃ忙しいときは八時頃にいったん帰ってきて晩ごはんを食べてから、また会社に引き返すこともある。

今日も——そう。

サッカーの途中でメールが来た。〈9時帰宅、すぐ会社。ごはんはコンビニでよろしく。お風呂《ふろ》のお湯は抜いといてOK〉。〈ごめんね〉の一言付き。

晩ごはんを食べながら山野朋美の話をするつもりだったあてがはずれて、ちょっとがっくりしたけど、最近のお母さんの忙しさを思うと、まあしょうがないよな、とあきらめるしかない。

家に帰るとお風呂を沸かして、テレビを観《み》ながらコンビニの一口カツ弁当を食べた。途中でお母さんから、帰りが十時になるかもしれない、という電話が入った。「先に寝てていいから」と言われたので、電話を切るときに「おやすみなさい」もすませた。

これも、毎晩ってわけじゃないけど、ここのところ増えてきたパターンだ。

一年生や二年生の頃は、学童クラブから帰って留守番していると寂しくてたまらなかった。三年生になると寂しさはあまり感じなくなったけど、そのかわり、晩ごはんの時間が遅れるとおなかが空《す》いてぶっ倒れそうだった。

でも、いまはぜんぜん平気だ。おなかが空いたら冷凍のピザやピラフを電子レンジでチンすればいいし、オーブントースターで目玉焼きもつくれる。ガスコンロだって、じつはこっそり使ってる。一人でハンカチにアイロンをあてたこともある。お母さんに見せたら、「火事になったらどうするの！」と叱られたけど、あとで「なかなかスジがいいわよ」と褒められた。左手の中指の先っぽの火傷《やけど》は、けっきょく言い出せないまま、オロナイン軟膏《なんこう》で治した。

ケイちゃんは、ほんとにしっかりしてるから——。

いつも言われる。ご近所のおばさんからも、学童クラブの指導員のおねえさんからも、年に二、三度しか会わない北海道のおばあちゃんからも。

それを教えると、お母さんの表情がちょっと寂しそうになるのが、よくわからないけれど。

まあ、でも、とにかく、ぼくは元気だ。毎日明るく楽しくやってる。ベテランだもの。母一人子一人——シンプルでいいじゃん、と思う。

山野朋美はどうなんだろう。あいつ、離婚ホヤホヤって言ってたから、お父さんのいない暮らしにまだ慣れてないのかもしれない。

寂しい、のかな。

寂しい、んだろうな。

ぼくはあいつの、新しい生活で初めての友だち、ってことになるのかな。

げーっ、と顔をわざとしかめた。

2

次の日から、山野朋美はクラスの女子のハブになった。芦沢みどりを敵に回した報いだ。だれも口をきかないし、目も合わせない。

でも、当の山野朋美は、そんなことぜんぜん気にしていない。最初からクラスの女子のだれとも話そうとしてないし、だれのほうも見てないんだから、まったく無意味だ。山野朋美がハブられてるのか、逆にあいつが一人でみんなをハブってるのか、よくわからない。

休み時間にぼくに話しかけてくることはないけど、ときどき目が合うと、小さく笑う。「元気?」とか、「やっほー」とか、そんなふうに口が動くこともある。

「山野って、圭祐に気があるんじゃねーの?」

市川が言いだしたウワサは、じわじわと男子の中に広がっていった。女子に伝わるのも時間の問題だろう。芦沢組の連中がそれを知ったら、ちょっとヤバいかも——って、ほんとうに、我ながら気が弱くて情けない。

でも、最近よく思うことだけど、オトコとオンナが付き合ってるとかいないとか、くっついたとか別れたとか、そういうことが気になってしかたないのって、人間の本能みたいなものかもしれない。ワイドショーとか女性週刊誌の新聞広告とかを見るとつくづく思う。

ウチのお母さんも、離婚してしばらくのうちは、友だちからしょっちゅう電話がかかってきていた。いつも長電話。お母さんの「まあ、いろいろあってね」だけでは、だれも納得してくれなかった。「根ほり葉ほり」とか「おためごかし」とか、言葉の意味はいまでもよくわからないけど、電話のあとでお母さんはいつも、別の友だちに電話をかけて、前の電話の相手のことをそんなふうにグチって……でも、グチをぶつける相手もやっぱり同じように「根ほり葉ほり」「おためごかし」で、長電話になってしまう。芸能人が記者会見を開くのって、そういうのをいっぺんにすませてしまいたいからなのかな、なんて。

お調子者の市川は、ときどき芸能リポーターの物まねをして、こんなことまで言う。「結婚前提のお付き合いだと、そーゆーことでいいんですね?」

そのたびに胸がビクッとする。意味を考える前に、ケッコン――という音が、耳の奥のやわらかいところに刺さる。

「いーかげんにしろっての」と笑いながら市川の頭を軽くはたいてごまかしたあとも、

耳の奥の「ケッコン」は消えない。

試しにこっそり「離婚」とつぶやいてみても、「リコン」の響きは意外なほど軽く、耳のどこにもひっかからずに消える。

それがちょっと不思議で、なんでだろうと考えるうちにいやな気分になってしまうことも、たまに、ある。

山野朋美が転校してきて、ちょうど一週間。放課後の『終わりの会』のあと、帰り支度をしながら、市川はいつものようにワイドショーのリポーターになりきって、「どーなんですか、どーなんですか」ときいてきた。

さすがにうんざりして、ほかに考えることねーのかよ、と少し本気で回し蹴《げ》りを膝《ひざ》の裏に入れた。市川はおおげさに跳びはねながら、「結婚はいよいよ秒読みでしょーか」と言う。こりない奴《やつ》。もう一発蹴りを入れてやろうと距離を詰めたら、「蹴ったら結婚、決定ってことだかんな」とひきょうなことを言いだした。頭に来て、蹴りの代わりに市川の机の上にあったランドセルを床に落としてやった。

「なにすんだよお」

「うっせえ、ばーか。結婚なんて、死んでもしねーよ、ばーか、ばーか」

「おっ、山野と破局？　マジ？　マジ？　フリ？　フラレ？」

「オレはだれとも結婚しないっての！」

売り言葉に買い言葉――っていうか、話のノリで言った。深い意味なんて込めたつもりはない。

でも、市川は一瞬びっくりした顔になって、気まずそうにへヘッと笑った。目をそらして、またへヘッと笑う。困ったときにはとりあえずこんなふうに笑うのが、こいつの癖だ。

ごめん、と市川の口が動いた。最初はわけがわからなかったけど、あ、そうか、そーゆーことか、と思いあたった瞬間、頬がカッと熱くなった。市川は知ってる。みんなも知っている。知ってて、ふだんは知らん顔していることが、ビリッとあいた破れ目から顔を見せた。

ぼくはあわてて言った。

「ってゆーかさあ、オレ、山野みたいなオンナって大、大、大っ嫌いだもん、マジ、マジだから、マジにマジ、だって性格合うわけないじゃんよ、あんなのと」

一息にしゃべり終えたら、後ろにひとの気配を感じた。だよな、とうなずきかけた市川の顔も急にこわばった。視線がぼくの背後に泳いで、すとんと手元に落ちる。

まさか――と悪い予感が頭をよぎるのと同時に、山野朋美の声が聞こえた。

「ねえ、田中くん、いっしょに帰んない？」

市川だけじゃない、教室中の耳と目が、ぼくたちに注がれた。芦沢組のとがった視線も、もちろん。

断れなかった。ぼくは黙ってランドセルを背負い、先にたって歩く山野朋美のあとについて出口に向かった。

廊下に出たとき、教室から「ひょうひょうーっ」と男子の裏声が聞こえた。たぶん市川だ。あいつ、明日会ったらマジぶん殴ってやる。でも、芦沢組にリンチされるほうが先かもしれない、なんて。ぼくはとにかく強いオンナが苦手で……強くても弱くても、オンナってみんな苦手だ。

山野朋美の家は、二丁目の公団住宅。五丁目のぼくとは学校を挟んで逆の方角だったけど、「田中くんちって何丁目？」と尋ねることすらなく、二丁目を目指して学校の前の通りを右に向かう。ぼくはただ黙って、山野朋美の少し後ろを歩くだけだった。

学校の塀に沿ってしばらく進むと、山野朋美は不意にぼくを振り向いて、「田中くんって死んでも結婚しないんだって？」と声をかけてきた。「それ、マジ？」

死んでも――というのは我ながらおおげさだったけど、細かく説明するのも面倒なので、「そう」とうなずいた。

山野朋美は足を止めて、ぼくが追いつくのを待った。

並んで、あらためて歩きだす。

「結婚しないのって、やっぱ、お父さんとお母さんのことがあるから？」

「……べつに関係ないけど」

「でも、ぜんぜん関係ないってわけじゃないでしょ？」

問いつめるような口調じゃなかったから、こっちも少し素直に「まあ、ちょっとはあると思うけど」と言った。

「だよね、ふつうあるよね」

「うん……」

山野朋美は意外と自分のことをしゃべりたくて、聞いてほしいのかもしれない。そんなふうに思って、「まあ、ひとによっていろいろ違うんじゃないの？」と付け加えた。

あんのじょう、そこから先の山野朋美の口調はテンポが速くなった。

「でもさ、あたし、わかるけど、それ。あたしも結婚とかしたくないし、お母さんもこりごりだって言ってたし」

「ウチと同じだ」思わず笑った。「再婚とか一生しないって」

「お父さんのほうは？　再婚してないの？」

「してない。一人暮らしだから、洗濯とかごはんとか大変だって言ってた」

「たまに会ったりとかするんだ。ねえ、そういうときって、どんな話するの？」

「まあ、いろいろ、だけど……」

「やっぱり、『お父さん』って呼ぶの？」

小さくうなずいて、「山野さんは呼ばない？」と聞き返した。

「わかんない。まだ離婚してから一度も会ったことないし」

「でも、会うんだろ？」

「とうぶん先だと思うけど。お互いに気持ちの整理がついてから、ってお母さん言ってた」

「気持ちの整理っつったってさあ……」

「だよね、わけわかんないよね」

山野朋美はぽつりと答えて、あきれたふうに笑った。

「なんか、お昼のドラマみたいだよね」

ぼくもそう思う。夜のドラマじゃなくてお昼のドラマだというところも、こいつけっこうわかってるじゃん、だ。

「もうお父さんがいないことに慣れた?」——話を一歩、ぼくのほうから先に進めてやった。

山野朋美は首を横にひねりながら少し考えて、「まだ、ぜんぜん」と言った。

「オレ、はっきり言ってベテランなの」

「うん……だよね」

「わかんないことあったら、なんでも教えてやってもいいっていうか、教えてやらないことべつにないけど、っていうか……だけど」

山野朋美は「なんなの、それ」と、またあきれたふうに笑ったけど、すぐに笑顔は消えた。

「ぜんぶ、わかんない」つぶやくような小さな声だった。「自分のキャラ、どう立てればいいんだろ」

キャラ立て——要するに、性格とか個性を、どうするか。意外とつまんないことを気にする奴だ。

「いままでどおりでいいんじゃないの?」

「でも、おかしいじゃん、いままでと同じだったら」

「そう?」

「だって、家からいなくなっても、娘のキャラがなにも変わらないんだったら、お父さんの存在ってすっごくむなしくない? あたしね、お父さんとけっこう仲良かったの。性格が合ってたんだと思うの。でも、離婚するときのチョーテイでシンケンとかヨウイクケンとかお母さんが取っちゃったのね、だから、なんていうか、あたし的にはフホンイなわけ。そういうこと思うと、キャラがいままでどおりってのは、やっぱ、おかしいじゃん」

難しい言葉がたくさん出てきた。聞いたことがあるような、ないような、どっちにしても漢字では書けない、そんな言葉ばかり。

「田中くんはなにも変わってない? キャラ」

「……キャラ、立つ前に離婚したから」

「そっか、幼稚園に入る前だもんね。ラッキーじゃん、そういうの。ウチもさあ、どうせ別れちゃうんだったら、子どもが物心つかないうちにしてほしかったよね。性格のフイッチなんて最初からわかってることなんだから、結論を引き延ばしたら、けっきょく子どもが迷惑しちゃうんだもん。そう思わない?」

両親が離婚した子どもって、ぼくが思っているのよりフクザツな立場なのかもしれない。

話が途切れた。山野朋美はぼくの答えを待っているんだろうけど、なにを、どう答えればいいんだろう。

ベテランだなんていばったことを、ちょっと後悔した。それとも、一人息子がまだ物心つかないうちに離婚を決断した両親に感謝すべきなんだろうか。でも、そんなことを言いだしたら、最初から結婚しなきゃよかったんだよってことになるし、そうなったらぼくという人間はこの世に生まれてこなかったことになるし、ぼくがいまこうして生きているのは確かにお父さんとお母さんが結婚したからで、なんで結婚したかっていうと二人は愛し合っていたからで、じゃあなんで離婚したかっていうと二人の愛が消えちゃったからで、だったらぼくは二人が愛し合っていた頃の貴重な証拠っていうことに、なるのかな。

黙りこくっているうちに、ぼくたちの歩くスピードは自然と速くなっていった。なにげなく横を見たら、山野朋美のランドセルのフックにひっかけたリコーダーのケースが目に入った。クラスと名前の欄に白いテープを貼《は》って書き直してある。〈4年3組〉までは転校生だからあたりまえだけど、〈山野朋美〉も白いテープの上に書いた文字だった。

ぼくはあわてて目をそらした。偶然なのに、見ちゃってごめん、と言いたくなった。

「あのさあ……」

黙っていたくないから、とりあえず口を開いて、そのまま、あまり深く考えずにつづけた。

「オレ思うんだけど、やっぱ、子どもが大きくなってから離婚したほうがいいんじゃない？　オレなんかお父さんの思い出、あんまりないもん。せっかくお父さんがいたのに、なんかもったいないよなあ、って」

「思い出がたくさんあると、逆にキツくない？」

「キツいかもしれないけど……でも、思い出があったほうがいいって。ぜーったいにいいよ、それ」

実際、ぼくには、お父さんが現役の「お父さん」だった頃の記憶がほとんどない。力んでしゃべると、それがすごく不幸なことのように思えてきて、悲しくなった。

「でも、田中くんはお父さんといまでも会うんでしょ？　だったら思い出もできるじゃん。ね？」

慰めて、励まして、元気づけてくれたんだろうか。まだ離婚ホヤホヤの奴なのに。ぼくはベテランのはずなのに。

「お父さんと会ったら、教えてよ。あたしも参考にしなくちゃいけないし、どこに行ったとかなにしゃべったとかって、あたし、ちゃんと覚えててあげる。自分だけだと忘れちゃうことでも、だれかが覚えててくれたら、ずーっと思い出になるじゃん」

ぼくは、もうなにも言わない。てきとうに切りだした話だったのに、これ以上しゃべると、もしかしたら泣きたくなるかもしれない。

話がまた途切れた。今度は、ぼくたちの歩調は少しずつ遅くなっていった。

交差点に出ると山野朋美は「あたしんち、あっちだから」と四つ角の右側を指差して、その手を、バイバイ、と振った。ぼくは「バーイ」と小さく答え、来た道を引き返すのはカッコ悪いから、四つ角を左に曲がった。しばらく進んで立ち止まり、後ろを振り返る。山野朋美は肩をしょぼんとすぼめて歩いていた。芦沢組を一人で敵に回して無言のバトルを繰り広げている強いオンナの面影は、ぜんぜんない。転校初日の弱っちい雰囲気に戻っていた。

あいつ、意外と、両親が離婚する前はおとなしいオンナだったのかもしれない。キャラを変えようとしているのかも、しれない。

ぼくは交差点まで駆け戻って、「山野さーん」と声をかけた。二度呼んでも反応はなかったけど、三度目で、びっくりした顔がこっちを向いた。

「ごめん、自分のことだと思わなかった」

最初のうちはみんな、そうなんだろうな。

「あのさあ、山野さんって、昔の苗字なんだったの？」

「……伊藤だけど」

ヤマノトモミとイトウトモミ。ぼくはヤマノトモミのほうがカッコいいと思うけど、こういうのって慣れもあるし。

「山野って呼ばないほうがいい？」

山野朋美は困った顔で笑って、「前の学校はみんな『トモちゃん』って呼んでたけど」と言った。でも、ぼくは男子だから、女子に「ちゃん」なんか付けられない。

「じゃあ、『トモ』にする」

気に入ったかどうかはわからないけど、「だめ」とは言われなかった。

山野朋美――トモは、また歩きだした。肩が、ちょっとだけ横に広がったように見えた。

ぼくも家に向かって歩きだす。女子とツーショットで帰ったのって生まれて初めてだ。いまになって気づくと、急に恥ずかしくなった。ダッシュ。ドリブルのまね。シュート。ガッツポーズをして走っていたら、向こうから来た自転車のおばさんに、なんなのこの子、という目で見られた。

3

九月になってから残業つづきだったお母さんが、珍しく夕食前に帰ってきた。といっても、仕事が暇になったわけじゃない。明日から一段と忙しくなるので、エイキをやしなうために今夜は早じまいしたんだという。

「十月の終わり頃までは、とにかく倒れるわけにはいかないんだから」

お母さんは夕食のレバニラ炒《いた》めを頬張って、自分に言い聞かせるようにつぶやいた。冷やしたウコン茶をごくごくと飲んで、ちっともおいしくないんだろう、うげーっ、という顔になって、それでもぼくを見て「がんばらなくちゃね」と笑う。

「ずーっと忙しいの？」

「忙しい忙しい、男のひとなんか会社に泊まり込んでるのもたくさんいるんだから」

苦いウコン茶を、ピッチャーからグラスに注ぐ。一食につきグラス三杯が健康と美容をキープするためのノルマだ。

「日曜日とかも忙しい？」

「そうねえ……週末ぐらいは休みたいけど、十月に入るとちょっと難しいかな」

「十月って、もう来週じゃん」

「そうよ、だから大変なんだって言ってるでしょ。ほんと、もう大変なんだから、困っちゃうよねえ」

でも、言葉ほどには大変だとか困ってるとか思っていないような顔だ。お母さんは、離婚するまでは専業主婦だった。「それはそれで気楽でよかったんだけどね」と、いつか友だちと電話で話しているのを聞いたことがある。「でもね、やっぱりね、そういうのもね……」と話はつづいて、そこから先は言葉が急に難しくなったので、内容はよくわからない。ただお母さんが、いまの暮らしを、忙しくて大変だけど離婚する前よりもはるかに楽しいと感じていることだけは、なんとなく伝わった。

二杯目のウコン茶を飲み干すと、お母さんは「学校どう?」ときいてきた。少し迷ったけど、トモのことを話した。なるべく軽い調子で、まいっちゃうよね、というふうに。お母さんは性格のフイッチのところでは「生意気なこと言うのよね、女の子って」と笑ったけど、キャラを変える話のときは、うーん、と考え込む顔になった。

「ぼくもあいつの言ってること、よくわかんないんだけどさ」――とりあえず、そう言っておいたほうがよさそうだった。

お母さんは三杯目のウコン茶をグラスに注ぎながら、「圭祐」とまじめな口調で言った。

「いまの話だけど、それ、日曜日には言わないで。いい？」

「……うん」

「お芝居をしてるわけじゃないんだからね、人生って」

なんだか叱《しか》られたような気分になって、お母さんから目をそらし、壁のカレンダーを見た。

今度の日曜日——十月最初の日曜日に、赤いマークがついている。半年に一度の、お父さんとの面会日だ。その二週間後の赤いマークは、ぼくの運動会。十月二十一日。「十月の終わり頃まで」の、ぎりぎりだ。

「あーあ、ほんと、疲れちゃったなあ……」

お母さんは頬づえをついて、ウコン茶を一口すすった。

「お皿、今夜はぼくが洗おうか？」

「サンキュー。でも、だいじょうぶだから」

笑って答えてくれた。それがうれしくて、うれしかったから、かえって悲しくなった。

自分でも気づかないうちに、ぼくはキャラを変えているのかもしれない。もしもお父さんとお母さんが離婚していなければ、市川みたいに家の手伝いなんてなにもせずにお母さんにしょっちゅう叱られていて、そっちのほうがほんとうのキャラだったのかもしれない。

「ぼくにも一口飲ませて」とウコン茶のグラスを取った。「苦いわよ」とお母さんがあわてて言ったけど、苦いから、飲みたかった。

一気飲み——苦みは、予想以上だった。

日曜日は、朝からどんよりと曇っていた。天気予報によると、夜には雨になるらしい。「夕方に帰るからだいじょうぶだよ」と言ったのに、お母さんは「念のために持っていきなさい」と折り畳み傘をデイパックに入れた。雨が夕方に降りだした場合の「念のために」なのか、帰りが遅くなった場合の「念のために」なのか、たぶん両方なんだろう。

面会日の待ち合わせはいつも、マンションから歩いて十五分の駅前。幼稚園の頃はお父さんがマンションまで迎えに来た。小学一年生になると、お母さんが駅まで送ってくれた。でも、お母さんは約束の時間よりだいぶ前に駅前に着くと、ロータリーのベンチにぼくを座らせて、「ここで待ってたら、もうすぐお父さんが来るからね」と一人で帰ってしまう。ひさしぶりなんだから、お母さんもお父さんに会えばいいのに——一年生の頃は思っていた。ガキだったんだ。

二年生からはマンションの玄関で見送られるようになった。「お父さんによろしくね」と、お母さんは決まり文句のように言う。でも、それをお父さんに伝えたことはない。べつに伝えなくたってかまわない種類の、シャコウジレイっていうんだっけ、そういう言葉だとわかっているから。

今日も、お母さんはぼくを見送るときに「お父さんによろしくね」と言った。「よろしく」ってどういう意味なんだろう。「元気でね」と同じなのか、逆に「こっちは元気よ」の意味なのか、「これからもよろしく」って離婚した夫婦であいさつするのってヘンだし、でも嫌いな相手に「よろしく」ってあいさつするのはもっとヘンだ。

頭の中がこんがらかってくる。背中がむずがゆい。おろしたてのシャツとセーターを着ているせいだ。半パンやソックスも新品だし、昨日は床屋に行かされた。お母さんはぼくがお父さんに会うときは必ず服を新しいものにして、散髪をさせる。これもよくわからない。でも、あまり難しいことを考えると頭がますます混乱しそうだ。小学四年生なんだから、おとなの考えなんてわからなくてあたりまえじゃん、と強引に納得した。

お父さんは約束の時間の少し前の電車で来た。改札を抜けて、ロータリーのベンチに座ったぼくに気づくと、「オッス」というふうに軽く手を挙げて、横断歩道を小走りに渡ってくる。

お父さんの最初の言葉は、いつだって同じだ。

「圭祐、おまえ大きくなったなあ」

うれしそうに言って、ぼくの背の高さにてのひらを合わせ、自分の体のどのへんまで来ているのか確かめるのも、いつものパターン。春に会ったときにはもうちょっと下だったと思う。一年生の頃には、ズボンのベルトだった。

でも、背が高くなるにつれて、面会日が楽しみではなくなった。うつむく時間が長くなって、口数が減った。照れくささとか恥ずかしさとかじゃなくて、なんていうか、困っちゃったなぁ、って感じ。

「よし、なにして遊ぼうか。圭祐はどこか行きたいところあるか?」

「どこでもいい」

「遠慮しなくていいんだぞ。遊園地でも動物園でも、どこでも連れてってやるから」

「じゃあ、遊園地」

快速電車に乗って四つめの駅に、遊園地がある。そこからさらに三つ先まで乗れば動物園。春の面会日には動物園に出かけたので、今日は遊園地にした。

お父さんは気づいていないんだろうか。このやり取りだって、いつものパターンなんだ。同じ劇を半年に一度やってるようなものだ。しかも、ふつうの劇なら繰り返すたびにじょうずになっていくはずなのに、ぼくは逆。声も表情も動作も、ぎこちなくなっていく一方だ。この調子なら、来年も、再来年も、その先も……中学生になって、動物園や遊園地ってのは、ちょっとまずいと思うけど。

電車の中で、お父さんに学校のことをきかれた。勉強、ＯＫ。友だち、ＯＫ。サッカー、やってる。再来週の運動会、クラス対抗リレーの第二補欠になれそう。

「そうか、元気でやってるんだな」

お父さんはほっとしたように笑った。

「さかあがりも、こないだ十回連続で成功したんだよ」と付け加えると、「すごいすごい」と頭を軽くなでてくれた。

去年のいまごろは、さかあがりは連続五回がやっとだった。おととし、二年生の秋は一度もできなかった。公園で練習しているとき、同級生のお父さんにお尻《しり》を持ち上げてもらってコツを覚えた。そのことはお父さんには秘密にしてある。

「お母さんは元気か？」

「うん、まあ、元気だよ。最近ちょっと疲れ気味だけど」

「仕事もがんばってるんだ」

「めっちゃ忙しそう」

「圭祐は寂しくないか？　留守番だろ？」

「ぜんぜん」

「そっか、そうだよな、圭祐ももう四年生なんだもんな」

お父さんは肩を揺すって、短く、ちょっと残念そうに笑った。

質問のネタがなくなったのか、しばらくお父さんは黙った。電車は遊園地のある駅の一つ手前の駅に停まり、また走りだす。

もしかして――ふと思った。お父さんは、ぼくが「寂しい」と答えるのを期待していたのかもしれない。トモの言葉を思いだす。「家からいなくなっても、娘のキャラがなにも変わらないんだったら、お父さんの存在ってすっごくむなしくない？」――言われてみれば確かにそうだよなあ、と思う。

「お父さん」

「ぼくって、ガキの頃、どんな性格だったの?」

「うん?」

トートツな質問に、お父さんは「えーっ?」と首をかしげ、腕組みをして、「性格ってほど大きくなってなかったからなあ」と言い訳するように言った。

それでも、考え考えしながらお父さんが教えてくれたところによると、ぼくは昔、「けっこうガが強くて、ヘソを曲げると機嫌が直るまで時間のかかる子」だったらしい。でも、「甘えん坊で怖がりな子」でもあったらしい。そのくせ「乱暴ですぐにオモチャを壊す子」で、とは言いながら「一人で放っておかれても絵本をじーっと読んでるような子」でもあったんだという。

わけがわからない。ぼくは多重人格なんだろうか、なんて。

でも、お父さんは昔のことを思いだすうちに懐《なつ》かしくなったのか、話し終えたあとも窓の外の景色を眺めながら、うん、うん、とゆっくり何度もうなずいた。

お父さんと二人で日曜日を過ごすのって、けっこうキツい。それを最初に感じたのは、去年の秋の面会日だった。そのときのキツさを十点満点で三だとすれば、今年の春は五、いまは七か八ぐらい。動物園はともかく遊園地はもう終わりだよなあ、と思う。どの乗り物でもお父さんとツーショット。「今度は圭祐一人で乗ってこいよ」と言われても、ぐるぐる回る乗り物が柵《さく》の外のお父さんの前にさしかかるたびに、どんな顔をすればいいのか困ってしまう。お父さんのほうも、一周目では顔の横で手を振っていたのに、二周目には手は胸の高さに下がって、三周目には笑うだけ、四周目から先は煙草《たばこ》に火を点《つ》けたり腕時計を見たりポロシャツの襟元をさわったり、だ。

そんなわけで、お父さんが「ちょっとトイレ、帰りにアイスでも買ってきてやるよ」と一人で歩きだしたときには、ベンチに残ったぼくは正直ほっとしたし、お父さんの後ろ姿もリラックスしているように見えた。

半年に一度の面会日は、お父さんにとってどんな一日なんだろう。

父親としての義務――だとしたら、なんか、嫌だ。

でも、何日も前から楽しみでわくわくしている――としたら、それもなんとなく嫌な気がする。

トモのことを思った。今日のことはトモには話していない。気をつかったわけじゃないけど、切りだすきっかけがつかめなかった。あいつはお父さんと年に何回会うんだろう。お父さんと仲が良かったって言ってたから、やっぱりたくさん会いたいんだろうな。でも、会ってしまうと、別れるときに悲しくなっちゃうのかもしれないな。

学校にいるときのトモは、ますます強いオンナになっている。金曜日の体育の時間は、こっそり体育館シューズを隠されたのに、平気な顔で、はだしで跳び箱をした。先生に叱られても「持ってくるの忘れました」と言うだけで、芦沢たちのことはチクらなかった。そのかわり、体育館から教室に戻る途中で芦沢みどりに直接「体育館シューズ、返してよ」と詰め寄った。最初は芦沢はとぼけていたけど、トモがビンタのモーションに入るとあわてて後ずさりながら「あたしじゃないって、サチコだよ、隠したの」とおびえた声で白状した。芦沢組、完敗だ。芦沢の子分のうち何人かは、その日の放課後からシカトをやめてトモに話しかけるようになったけど、トモは返事もろくにしない。べつに友だちが欲しくて芦沢組と闘ってるわけじゃないんだから、というふうに。

とにかくトモは強い。ケンカとか腕力とかじゃなくて、負けず嫌いというか意地っ張りというか、そういう心がめっちゃ強い奴《やつ》なんだと思う。だけど、それがあいつのほんとうのキャラなのかどうかは、わからない。

どっちにしても、ぼくは強いオンナが苦手で、あいつが強いオンナのキャラでいるかぎり自分から「いっしょに帰ろうぜ」なんて誘うことはできない。トモのほうから誘ってくることも、あの日が最初で最後だった。話しかけてもこない。おかげで、市川がクラスにばらまいたぼくたちのウワサは盛り上がる前にしぼんでくれたけど、いつも黙っているトモを見ていると、だいじょうぶなのかな、元気なのかな、と心配でたまらない。

お父さんがソフトクリームとアメリカンドッグを持って戻ってきた。面会日の定番スナックだ。ぼくは覚えていないけど、幼稚園の年長組だった年の面会日に「だーい好き」と言ったんだそうだ。最近は甘ったるいソフトクリームよりもかき氷系のアイスのほうが好きだし、マスタードなしのアメリカンドッグの味はちょっと物足りないけど、満足げにぼくを見て笑うお父さんの前では文句なんて言えない。

「それにしても、ほんと、大きくなるの早いよなあ」――話題が見つからないときは、とりあえず、この一言だ。

「クラスの男子だと真ん中だけど」

「うん、でも、大きくなったよ。ほんと、大きくなったよなあ」

お父さんはベンチの背もたれに両手をかけて、曇り空を見上げ、ふーう、と息をついた。ぼくはソフトクリームとアメリカンドッグを交互に口に運びながら、目の前を通り過ぎる家族連れ――両親とベビーカーの男の子の三人を、ぼんやりと見つめる。

「お母さんの仕事、そんなに忙しいのか？」

トートツな質問だったけど、意外とすんなり「うん」と答えることができた。

「よくがんばるよなあ、お母さんも。昔はのんびり屋だったんだけどな」

「……性格、変わったの？」

「いや、まあ、変わったってほどじゃないけど……でも、まあ、やっぱり変わるよな、がんばらなきゃいけないんだから」

お父さんは「ダイコクバシラなんだもんなあ」と笑った。イヤミを言ってるわけじゃなさそうだったので、ぼくも笑い返す。

「圭祐、アイス溶けちゃうから早く食べろ」

「うん……」

「アメリカンドッグ、一本じゃもう足りないかな」

「そんなでもないけど」

「でも、大きくなったんだもんな、圭祐」

ふーう、とお父さんはまた息をついて、ぽつりと言った。

「お母さん、再婚しないのかなあ……」

「しないと思うよ。お母さん、いまがいちばんジュージツしてるって言ってるもん」

つい、関係ないひとにきかれたときのように、軽く答えた。でも、よく考えてみたら、お父さんはお母さんと「ちょー関係あり」のひと、なんだ。で、もっとよく考えてみたら、お父さんがお母さんの再婚のことを尋ねるのは、これが初めてだった。

いきなり、なんで――？

お父さんの顔を覗《のぞ》き込んだ。一瞬、目が合いそうになったけど、お父さんはちょっと不自然なしぐさで横を向いた。

「お父さんは、お母さんが再婚したほうがいいと思う？」とぼくはきいた。

お父さんは「うーん」と少し考えてから、「まあ、それはお母さんの自由だからな、お父さんが言うようなことじゃないんだけど……」と答え、「圭祐はどうなんだ？」と話をこっちに振ってきた。

ここで「再婚したほうがいい」なんて答えると、お父さんが傷ついてしまいそうな気がした。

ぜーんぜん、と首を横に振りかけた、そのとき――胸がドキッとした。

もしかして。

万が一だけど、もしかして。

お父さんはお母さんと再婚したいんじゃないだろうか。「ヨリを戻す」っていうんだっけ、そういうの。

そっとお父さんの顔を覗き込むと、今度はちゃんと目が合った。お父さんは笑顔のまま、「大きくなったよなあ、ほんと」と、またぼくの頭を撫《な》でた。

4

芦沢組がトモに逆襲したのは、次の週の水曜日だった。

午後の授業は運動会の予行練習になっていて、ぼくたちはふだんの体育の授業では使わない紅白帽をかぶって、昼休みにグラウンドに集合した。その帽子に、芦沢組は目をつけたのだ。

トモの帽子は、苗字《みょうじ》が書き直されていた。それも、〈伊藤〉を黒のサインペンでぐちゃぐちゃに塗りつぶして、その横に〈山野〉と書いてあった。布で隠す余裕がなかったのかもしれない。お母さんが名前を書き直すのを忘れていて、今朝になってあわててそれに気づいて塗りつぶしたのかも、しれない。

「落書きすんなっての！」「きったねー！」と芦沢組の連中が帽子を指差して大声で言った。ふだんのトモならぜったいにシカトなのに、あいつ、遠くから見てもわかるくらい顔を真っ赤にして、帽子を脱いだ。

でも、芦沢組は、帽子の汚れだけを狙《ねら》ったわけじゃなかった。

「あのさー、こないだ団地の友だちに聞いたんだけどー」

芦沢みどりが、にやにや笑いながら子分に言った。わざとゆっくり、大きな声で。

「団地にさー、バツイチのおばさんとガキが引っ越してきたんだってー。そしたらさー、なーんか知んないけど、団地で自転車とかしょっちゅう盗まれるようになったんだってー」

トモは顔を真っ赤にしたまま、動かない。

「あとさー、夜中に酔っぱらいのオヤジが来てさー、大声でわめくんだってー。帰ってきてくれー、もう一度やり直させてくれー、って。泣きながら土下座するんだってー。ちょーマジ近所めーわくだよねー」

トモはなにも言い返さない。

「それでさー、そのオヤジの名前、あたし知ってるわけなのねー。で、バツイチのガキって、偽名使ってるかもしれないじゃん? ちょっとさー、確かめてみたいわけー」

芦沢の目配せを受けた子分たちが、トモの後ろにまわって、紅白帽を奪い取った。

トモは無抵抗だった。奪い返そうともしなかった。悔しそうに……違う、悲しそうに、顔を真っ赤にしたまま足元を見つめていた。

芦沢を中心に、子分たちが集まった。サインペンで塗りつぶしたところを透かして、「なんて書いてある？　読める？」と騒ぐ。ぼくのそばにいた市川が「女子、怖えーっ」とおどけて身震いして、「なっ？」と笑いかけてきた。ぼくは笑わない。笑えない。トモをじっと見つめて、なにかしてやらなくちゃと思っているのに、動けない。それが悔しくて、自分が嫌になって、芦沢は怖いけど、怖いけど、怖いけど、怖いけど……。

「ねえ、これ、にんべんだよね。右側、なんて書いてある？」

芦沢の声が耳に突き刺さった――その瞬間、ぼくは怒鳴っていた。

「いーかげんにしろよ！　バカ！」

声を追いかけるみたいに、体が勝手に芦沢組のほうにダッシュした。子分たちは悲鳴をあげながら脇《わき》にどいたけど、ラッキー、芦沢だけ逃げ遅れた。勝手に腕が伸びた。勝手に芦沢の手から紅白帽をむしり取った。不意をつかれた芦沢がボーゼンとしているうちにダッシュで逃げて、トモに帽子を放った。トモはびっくりした顔だったけど、ナイスキャッチしてくれた。

「なにすんだよ、てめえ！　シメるぞ！」と芦沢がオトコみたいな迫力で怒鳴った。

「関係ないじゃんよ、田中」「調子くれてんじゃねーっての」「マジムカ、こいつー」と子分たちにも文句をつけられた。

でも、ぼくは逃げない。芦沢組とトモの間に立って、黙って芦沢組をにらみつけた。やがて芦沢たちはぼくから目をそらし、「なんなの？　こいつ」「わけわかんねーっ」「キレてんじゃねーっての」と向こうに歩きだした。

その背中に、トモが言った。

「あたし、『伊藤』っていう苗字だったの。それでいい？」

つづけて、もう一言。

「お父さんね、オンナができて離婚したんだから、ウチに来るわけないの。バカなんじゃない？　団地の友だちって」

芦沢組は歩きながら互いに目配せして、くすくす笑って、でもトモのほうを振り向く勇気はないんだろう、笑い顔はすぐにしぼんで、みんな早歩きになって、最後はダッシュで、逃げた。

トモは紅白帽をかぶり直した。深くかぶって、ツバをぎゅっと下げて、ぼくに近づいて「よけいなお世話」と言った。「はっきり言って、ぜんぜん気にしてなかったんだもん。紅白帽も新しいの買ってもらうつもりだったし」

キャラが戻った。でも、もうぼくはトモを強いオンナだなんて思わない。

「さっきのお父さんのこと、あれ、ハッタリだから。信じないでよ」

「うん……」

「そんな理由で離婚とかしたら、マジ、サイテーじゃん」

「……わかってる」

言おうか言うまいか迷っていたことを、約束だからやっぱり言っちゃおう、と決めた。

「オレ、こないだの日曜日にお父さんと会ったんだ」

「ほんと？」

「うん。半年に一度会うんだけど、なんか、けっこう難しいんだよね、付き合い方」

「どんなふうに？」

答えようとしたとき、校内放送のチャイムが鳴って、「全校生徒、運動会の色別に整列してください」と放送委員の声がグラウンドに響いた。

「じゃあ、帰りに教えて」とトモは言った。うなずくぼくに、「田中くんとツーショットだと、クラくなっちゃうから嫌だったんだけど」と笑う。

違うだろ、とぼくは心の中で言い返した。オレとツーショットだと、もともとのキャラに戻っちゃうからだろ。

ぼくは強いオンナが苦手、とにかく、そういうキャラだ。でも、生まれつき強いオンナと無理して強くなってるオンナとの区別ぐらいは、もう、つく。

トモはぼくの話を聞き終えると、「それ、マジに決まりじゃない？」と声をはずませた。「お父さん、お母さんと再婚したいんだと思うよ、ぜったい」

「まあ、確かめたわけじゃないんだけどさ……」

「やったじゃーん、田中くん」

トモはすごくうれしそうだった。ランドセルをガチャガチャ鳴らしながら、その場で軽く跳びはねたほど。

「なんで駅で別れたの？　マンションまで送ってもらえばよかったんじゃん、お父さんとお母さん会わせて一気に話を進めたほうがいいのに」

「なに言ってんだよ」

「でもさあ、どうだった？　お父さん、帰るときにちょっと寂しそうな顔してなかった？」

「……してた、かもしれない」

「ほら、やっぱり家まで送っていきたかったんだってば」

「勝手に決めんなっての」

「だってわかるもん、それくらい」

きっぱりと言う。「だってさあ、離婚しちゃっても、一度は結婚してたんだから、百パーセント嫌いってわけじゃないでしょ。離婚して何年？　七年？　七年もたったら後悔とかしてるかもしれないじゃん、離婚したこと」と一気につづけ、「お母さんだって同じだってば」と、また勝手に決める。

言い返したいことはたくさんあったけど、ぼくは黙ってトモの話を聞いた。

「そーゆーところ、男子って気が利《き》かないんだよね。あたしだったら、ぜったいに会わせるもん、お父さんとお母さん。田中くんだってお父さんとお母さんが結婚し直したほうがいいでしょ？　だったら、会わせて、泣けばよかったんだよ。ボク、昔みたいに三人で暮らしたいよお、うえーん、って」

トモはわざわざ立ち止まり、両手を目元にあてて泣きまねをした。

「うえーん、うえーん、いっしょに住みたいよお、寂しかったんだよお、うえーん、うえーん……」

けっこう、しつこい。

後ろを歩いていた六年生のグループが、ぼくたちを追い越すときにじろじろ見た。四年生の別のクラスの女子にも、追い越された。芦沢組の縄張りは学年ぜんたいに広がっているから、あの子にも、ぼくとトモが四年三組で「夫婦」と呼ばれたことはもう伝わっているのかもしれない。

「夫婦、夫婦、ふーふ、ふーふ、あっつあつ！」――芦沢組の奴《やつ》らはくだらないことを言って、みんなで笑って、それで仕返しをしたつもりになっている。ぼくは強いオンナは苦手だけど、みんなで集まらないとなにもできない奴は、オトコでもオンナでも大っ嫌いだ。

それにしても、トモはしつこい。

「うえーん、うえーん、やっぱり家族みんなのほうがいいよお、ボク、お父さんとお母さんがいっしょのほうがいいよお、うえーん、うえーん……」

いいーかげんにしろよ、と止めようとした。

でも、できなかった。トモの声はカンペキにふざけた泣きまねだったけど、手で隠した目にはほんものの涙が浮かんでいた。

ぼくは決めた。ベテランのぼくんちがお父さんとお母さんのヨリを戻すことができたなら、離婚ホヤホヤのトモんちだって、ウチと同じようになる可能性はある。希望の光が射《さ》し込むってやつだ。だから、決めた。お父さんとお母さんのヨリを戻してやる。

トモのためだけじゃない。ぼくだって、お父さんとお母さんがまた夫婦に戻ってくれたら、それは、なんていうか、奇跡っていうか、夢みたいっていうか、めっちゃすごいことだと思う。

「作戦立てなきゃね」とトモは言った。涙の名残で目が真っ赤だったけど、ぼくは気づかないふりをした。トモもたぶん、ぼくにそれを気づかれていないふりをしているはずだから。

「運動会がチャンスだよな」とぼくは言った。

「そうだね、あたしもそう思う」とトモは大きくうなずいた。

「がんばるから、マジ」

「田中くんが仲人《なこうど》なんだからね、気合い入れて」

「……息子が仲人って、なんかヘンだけどさ」

「結婚して子どもまで産んだくせに離婚しちゃうほうがヘンなんだもん、しょーがないよ」

そして、トモは、ぼくの知らなかった言葉を教えてくれた。

「あたしんちとか田中くんちとかって、ケッソン家庭なんだって」

漢字で書くと――欠損。

「母子家庭っていうんじゃないの？」

「欠損家庭に含まれるんだって、母子家庭も。あと、お父さんしかいない父子家庭とかも。で、欠損ってのは、欠けてるっていうか壊れてるっていうか、そーゆー意味なの」

「……そうなんだ」

「なんか、むかつかない？」

「うん、むかつく」

「でも、欠けてるより元通りのほうが幸せだもんね、やっぱ」

ぼくは黙ってうなずいた。トモの言うとおり元通りのほうがほんとうに幸せかどうかはわからなかったし、そう考えてしまうと、なんだか「欠損」を自分で認めているような気もしたけど、とにかくいまは、お父さんとお母さんのヨリを戻すことだけを考えるしかない。

5

お父さんの会社に電話をかけて「一人でお弁当食べるのって嫌だもん、お願い」と頼んでみた。お父さんは「お母さんも運動会の日まで仕事しなくたっていいのになあ、日曜日だろ、だいいち」と少し不服そうに、でもすぐに「圭祐の運動会に行くのなんて初めてだな」と笑ってＯＫしてくれた。

電話を切ったあと、悪者にしちゃってごめんね、とお母さんに謝った。お母さんは、仕事がどんなに忙しくてもぼくの運動会を見に来ないようなひとじゃない。幼稚園の頃の親子遠足も、授業参観も、隅っこで歌うだけの合唱大会まで、仕事をやりくりして来てくれた。前の晩が徹夜だったこともある。合唱大会のときは、お母さんが居眠りしちゃうんじゃないかと心配で心配で、歌なんてろくすっぽ歌えなかった。

今度の運動会だって、クマのできた目をしょぼつかせながら「だーいじょうぶよ、ちゃんとそれを考えて段取り立ててるんだから」と言っていた。「金曜日の夕方にフィニッシュだから、滑り込みセーフ」

金曜日に仕事が終われば、土曜日はぐーっすり眠って、日曜日の運動会は体調万全ってことになる。

「お弁当なにがいい？」ときかれて、「なんでもいいけど、ちょっと多めにつくって」と答えた。

三人分になるんだから——心の中で付け加えた。

準備は整った。金曜日の夕方、お父さんに電話で確認すると、「心配するなって、ぜーったいに行ってやるから」と力強い声で言われた。「親子競技なんてのはないのか？　あるんだったら遠慮しなくていいんだぞ、お父さん、出るからな」とも。

嘘《うそ》をついていることが、ちょっとだけ、痛い。

でも、トモは「だいじょうぶだってば」と自信たっぷりに言う。「嘘は嘘でも、これはいいほうの嘘なんだもん。お父さんを困らせるんじゃなくて助けてあげるんだから、あとでぜったいに感謝してもらえるよ」

トモはこの計画にぼく以上に張り切っていて、親子競技の話をしたときには、「そうだよ、それがお父さんってもんだよね」と、泣いちゃうんじゃないかと思うほど顔をくしゃくしゃにして喜んでくれた。トモのそんな笑顔を見ていると、ぼくは、なんていうか、その、だから、要するに……こいつ、めっちゃかわいい奴だよな、と思う。

トモのお父さんは運動会には来ない。二駅先のショッピングセンターの食品売り場で働いているお母さんも、まだ新入りだから、忙しい日曜日に休みをとるのは難しいらしい。でも、あいつ、先生が『朝の会』で「お父さんやお母さんが都合で来られないひとは、いますか？ そういうひとは先生といっしょにお弁当を食べますから、前もって教えてください」と言ったとき、知らん顔をしていた。

「とにかく、一発勝負なんだからね。田中くん、嘘泣きの練習しときなよ」

ぼくがうまく泣けるかどうかで、すべてが決まるんだという。そんなこと言われても困るけど、トモは本気だ。お尻《しり》をつねったらいいとか目薬をこっそりさせばいいとか、いろいろと作戦を立てて、ぼくが嫌がると、こんな一言——。

「あたし、泣かなかったのね。まさかほんとに離婚しちゃうと思わなかったから、けっこうクールに、どっちでもいいよ、なんてね。それ、いま、すごく後悔してる。あたしが本気で泣いてたら、万が一だけど、離婚しなかったかもしれないじゃん。だから、死ぬほど後悔してるの」

嘘泣きの練習、するしかない。

金曜日の夜、晩ごはんまでに帰ると言っていたお母さんから、二度、「ごめん、ちょっと遅くなる」という電話が入った。くわしい話はきかなかったけど、電話の向こうのざわめきで、会社がすごく忙しそうなのは伝わった。

一人で晩ごはんをすませるとお風呂《ふろ》に入り、そのあとお湯を抜いてお風呂掃除をした。バスタブだけじゃなく、タイルの目地もブラシでこすって黒カビを落とした。特別サービスだ。

でも、十時前に帰ってきたお母さんは「今夜はお風呂はパス」と言って、着替えもそこそこにダイニングテーブルにノートパソコンを広げた。

「仕事、まだあるの？」

驚いてきくと、「そうなのよ、もう、まいっちゃったぁ」とため息交じりに言う。

「ほんとだったら、いまごろ打ち上げでビール飲んでるはずなのにね」

トラブル、発生――。

「明日も昼から会社に出なくちゃいけないし、ヘタすれば週末アウトだなあ、もう、ほんとに」

「週末って、日曜日も？」

「うん……」とパソコンの画面を見たままうなずきかけたお母さんは、あ、そうかそうか、というふうに顔を上げて笑った。

「だいじょうぶよ、運動会はちゃんと行くから」

ほっとした。作戦のことなんて抜きで「あー、よかったぁ」と笑い返すと、涙が出そうになった。

「でも、応援に行くの、かけっこだけでいい？　あとは、ごめん、パスさせて」

両手で拝まれた。

「……お昼ごはんは？」

「かけっこのすぐ前だったよね、だいじょうぶ、それは」

お母さんは「だいじょうぶだいじょうぶ」と、ぼくにというよりお母さん自身に言い聞かせるように繰り返した。

「お弁当、コンビニのでいいから」とぼくは言った。

お母さんはくすっと笑って、「ありがと、ごめんね」と言ってくれた。

土曜日の夜になっても、お母さんの仕事のトラブルは解決しなかった。運動会に備えて早寝したぼくが夜中の一時過ぎにトイレで起きたときも、お母さんはダイニングテーブルで仕事をしていた。ノートパソコンの横には栄養ドリンクの空き瓶が置いてある。

おしっこをしていたら、ケータイの着信音が聞こえた。ぼくは水洗レバーを〈大〉

のほうに倒した。勢いよく流れる水の音に負けずに、「だいじょうぶです、がんばります」とお母さんの声が耳に届いた。

いったん自分の部屋に戻って布団《ふとん》を頭からかぶったけど、目がさえて、なかなか眠れない。楽しいことを考えようとして、明日のお昼、学校のグラウンドでお父さんとお母さんが出会う光景を想像した。

びっくりするだろうな、二人とも。お父さんは照れるかもしれない。もし再婚の話を切りだせないようなら、ぼくが仕切るしかない。サッカーでいうなら司令塔だ。お母さんはどう答えるだろう。お母さんは、ぼくにも、電話をかけてくる友だちにも、お父さんの悪口は一度も言っていない。嫌いなわけじゃないんだと思う。そりゃそうだ、昔は愛し合って、結婚した二人なんだから。お父さんは一人暮らしで寂しいだろうし、お母さんだって仕事が忙しすぎるし、再婚すれば、そういうことぜんぶ解決するはずなのに……。

ベッドから下りて、ダイニングに向かった。ちょうど温かいウコン茶をいれたところだったお母さんは、部屋のまぶしさに目をしょぼつかせるぼくを見て、「明日が楽しみで眠れないんでしょ」と笑った。「お湯が沸いてるから、ココアでもいれてあげようか？」

「……仕事、まだ終わらないの？」

「徹夜かもね、今夜。とにかく月曜の朝イチに仕上げてないと、いままでがんばってきたことがぜんぶダメになっちゃうから。ね、ココアどうする？」

ぼくは黙って首を横に振り、テーブルの向かい側に座った。

「早く寝ないと、明日、具合悪くなっちゃうわよ」

お母さんの目は、もうパソコンの画面に戻っていた。そのほうがいい。まっすぐ見つめられたら、ぼくはそっぽを向いて話さなくちゃいけない。

「ねえ、お母さん。仕事って大変じゃない？」

「大変だけど……」お母さんはマウスを動かしながら言う。「仕事だからね」

「専業主婦と、どっちがいい？」

お母さんは笑うだけでなにも答えない。

「お父さんがいた頃よりも、いまのほうが、お母さんはいいの？」

お母さんはマウスをクリックして、「早く寝ないと、明日ほんとに起きられないわよ」と笑顔のまま軽く言った。

「ねえ、お父さんとお母さんって、なんで離婚しちゃったの？」

少し間をおいて、お母さんは「んんー？」と尻上がりに喉《のど》を鳴らした。答えのつもりだったのかどうか、わからない。

「性格のフイッチだったの？」

「……ごめん、圭祐。いまね、ややこしいところなの。話しかけないで、気が散っちゃうから」

「性格が違うと、やっぱりダメなの？」

「そんなことないでしょ、圭祐だって、性格は正反対なのに市川くんと仲いいじゃない」

「正反対とフイッチって、同じ？」

返事はなかった。お母さんは眉間《みけん》に皺《しわ》を寄せてパソコンの画面をにらんでいた。

「性格のフイッチって、どっちが悪いの？」

お母さんはキーボードを叩《たた》く。「どっちも悪くないから、フイッチって言うの」と早口に言ってキーボードから指を離し、腕組みをして画面を見つめ、「いいからもう寝なさい」と少し強い声で言った。

ぼくは黙って立ち上がる。「おやすみなさい」を言わずにダイニングを出て、また布団にもぐりこんで、嘘泣きの練習をした。お尻をつねらなくても、真夜中に一人で仕事をするお母さんの姿を思い浮かべれば、うまく泣けた。

朝になっても、お母さんはまだ起きて仕事をしていた。栄養ドリンクの空き瓶は三本に増えて、お母さんは赤く充血した目で「おはよう」と言った。

「お昼休みにお弁当持っていくから。ちょっと遅れるかもしれないけど、ぜったいに行くから、四年三組の席で待っててね」

来なくていいから、少しでも寝てれば――言いたかったけど、言えなかった。

空はからりと晴れ上がった、絶好の運動会日和《びより》だった。お父さんとお母さんがやり直すのにもぴったりの快晴なのに、青い空を見上げていると、なんだかじんわりと悲しくなってきた。

6

午前中の競技が終わって昼休みに入ると、トモに「がんばってね」と声をかけられた。できればそばにいてほしいぼくの気持ちを見抜いて「家族三人水入らずじゃないと意味ないんだからねっ」と怒るように言って、そのままダッシュで児童席を出ていく。

あいつ、やっぱりお母さんは来てくれなかったんだろうか。ひとりぼっちでお弁当を食べるんだろうか。もしも話がソッコーで決まったら、すぐにトモを探しに行こう。いっしょにごはんを食べながら、今度はトモの両親にヨリを戻させる作戦を立ててやろう。

そんなことを考えながら児童席でしばらく待っていたら、約束どおりお父さんがやって来た。

「あれ？　圭祐、弁当は？」

手ぶらのぼくを見て、けげんそうにきく。その反応は予想どおり。「うん、まあ、ちょっと」とごまかすのもリハーサル済みだ。

「忘れちゃったのか？　持ってくるの」

「ううん、そういうわけじゃないんだけど……ちょっとね、事情が変わっちゃって」

遠くに、お母さんの姿が見えた。ぼくたちに気づいた様子はない。いいぞ、最高のタイミングだ。

「でも、弁当ないんだろ？　どうするんだ？」

「あるの」

「……はあ？」

少しずつお母さんが近づいてくる。まだ気づいていない。トートバッグとコンビニの袋を提げて、眠たそうなあくびを、ひとつ。

お父さんは「なんなんだ?」と首をひねる。うふふっ、とぼくは笑って、両手を振りながらジャンプ——。

「お母さん！ こっち！」

驚いた顔で後ろを向いたお父さんの肩が、ビクッと揺れた。お母さんも、嘘でしょう? というふうに足を止める。

「お父さん、行こっ」

手をとってひっぱった。

でも、お父さんはその場から動かなかった。お母さんも立ち止まったまま、小さくおじぎをした。まるで、ご近所のおじさんにあいさつするように。

グラウンドの隅にレジャーシートを敷いて、三人でコンビニのおにぎりを食べた。家族全員そろうのって、何年ぶりになるんだろう。最後に出かけたのは森林公園だった。記憶に残っているわけじゃなくて、アルバムに貼《は》った写真の、お父さんが写っている最後の一枚がそこで撮ったやつだったから。

森林公園に出かけたのは、写真の日付からすると、離婚の一カ月前だった。写真の中のお父さんやお母さんはふつうに笑っているけど、心の中はどうだったんだろう。いまは——二人はほとんどしゃべらないし、目も合わさない。そのくせ、ときどきぼくを見るときの、怒ってるような悲しんでるようなフクザツな表情は、二人とも同じ。

おにぎりの味がほとんどしない。ペットボトルのお茶をいくら飲んでも、喉の奥にごはんが詰まったような窮屈さは消えない。

タイミングを逃《のが》した。ほんとうはすぐ再婚の話を切りだすつもりだったのに、二人のこわばった顔を見ていたらなにも言えなくなって、でも、このまま黙っていたら、雰囲気はますます悪くなりそうだった。一発逆転を狙《ねら》うしかない。

口に残ったおにぎりをお茶で喉に流し込んで、気まずさなんてぜんぜんわからないドンカンなガキっぽく、無邪気に、明るく、元気いっぱいに、ぼくは言った。

「あのさあ、お母さん、いいこと教えてあげる」

お母さんが振り向いた。

「お父さんって、お母さんが再婚するのかしないのか、すっごく気になってるんだって」

お母さんは、目を一回り大きくした。

すぐにお父さんに向き直って、ぼくは言う。笑って、笑って、はしゃいで、ガキっぽく。

「ねえねえ、お父さん、なんでそんなこと気になっちゃうわけ?」

ほら、目配せしたのに。カンが悪い、お父さんは。ぎょっとした顔になるだけで、そこから先のことをなにも言わない。

「関係ないんだったら、どうでもいいじゃん? でも、気になるわけじゃん? なーんで、だろうね」

お母さんをちらりと見た。困ったように、かすかに笑っていた。お父さんはまだ黙っている。振り向いて、目が合うと、黙ったまま笑った。

なんか違う。こんな静かな、ギャグがすべったときのような沈黙って、違う。

お父さんとお母さんの視線に挟まれて、ぼくはどうしていいかわからなくなって、レジャーシートから外に、後ろ向きのでんぐり返しをした。空と地面が入れ替わって、ぐるっと回って、体が元に戻るのと同時に、とびっきりの笑顔を浮かべた。

「お父さん、もう一回お母さんにプロポーズしちゃえば?」

言った。言えた。リハーサルどおり、ばっちり。お母さんは顔を真っ赤にして、お父さんも照れくさそうに、でも二人ともうれしそうに見つめ合う——はずだったのに。

二人とも、黙ってぼくを見た。怒っているように。悲しんでいるように。そして、「ごめん」と謝っているように。

空気が瞬間冷凍された。そのまま、しばらく、だれも動かなかった。

凍った空気に、ひび割れが走る。お母さんのケータイの着信音だ。

お母さんは電話に応対しながらスニーカーをつっかけて、ぼくたちから遠ざかっていった。

レジャーシートに座ったままのお父さんは、お茶を一口飲んで、ぼくにふふっと笑いかけた。さっきよりずっと自然だったけど、そのぶん、さびしそうな笑顔だった。

ぼくは食べかけのおにぎりを頬張った。梅干しのすっぱさが、舌よりも目にしみる。

「がんばってるんだな、お母さん。忙しそうだけど、すごく幸せそうだよ」

「……うん」

「圭祐がいるからがんばれるんだよなあ」

そんなこと言われたって、知らない。

お母さんの姿を目で探した。お母さんはぼくたちに背中を向けて、ケータイを顎《あご》と肩で挟んで話しながらメモをとっていた。

お父さんの大きなてのひらが、ぼくの頭に載った。

「お母さんのこと、頼むぞ、圭祐」

ごしごしとこするように頭をなでる。てのひらは意外と重い。自然とうつむいてしまう。こっち見なくていいんだぞ、下を向いててていいんだぞ、と言ってくれているような気がした。

「お父さん、来月再婚するんだ」

「……ほんと?」

「ああ。相手は圭祐の知らないひとだけどな」

お父さんはぼくの頭からてのひらをはずし、「でも、圭祐がお父さんの息子だっていうことは、これからも変わらないから」と付け加えた。

あたりまえじゃん、そんなの。ぼくのお父さんは一生お父さんで、お母さんは一生お母さんで、でも、お父さんとお母さんは夫婦じゃない。もう、これから一生。

ぼくは黙って立ち上がり、ズックをはくと同時にダッシュした。

カン違い、すげーバカ、オレ。嘘《うそ》泣きするのを忘れたことに気づいた。最後の必殺技を使いそこねた。でも、いま、本気で泣いてしまいそうだから、忘れたことを忘れることにした。

広いグラウンドを半周したところでトモを見つけた。あいつ、バスケットボールのゴール下に座って、パンを食べていた。やっぱり、ひとりぼっちだった。

ぼくに気づいたトモは、「どうだった?」ときいた。ぼくは両手でバッテンをつくって、トモの隣に腰を下ろした。

「とーちゃん、別のオンナと再婚するんだって。バカだよなあ、オレ、マジ、ちょーバカ」

トモはなにも言わなかった。ぼくもそれ以上くわしいことは説明せず、あーあ、と肩から力を抜いた。

ぼくたちのまわりは家族連ればかりだった。レジャーシートの上に座るだけでなく、キャンプ用の折り畳みテーブルセットにパラソルまで付けている一家もいる。みんな、にこにこ笑っている。おしゃべりして、お弁当を食べて、ジュースを飲んで、我が家がそっくりグラウンドに引っ越してきたみたいだ。

トモは紙パックのコーヒー牛乳をストローですすって、「思いどおりにならないね」と言った。

「でも……オレんちはダメだったけど、トモのときはうまくいくかもしれないし……」

「だといいけどね」

あまり期待していない言い方だった。でも、悲しんだりさびしがったりしているようには聞こえなかった。

「ね、あそこ、芦沢さんがいるよ」

トモが顎をしゃくった先に、芦沢みどりの一家がいた。お父さんにお母さんにおじいちゃんにおばあちゃんに弟に妹。にぎやかにお弁当を食べていたけど、にぎやかすぎてけっこう疲れそうだな、と思った。トモも同じことを思っていたみたいで、「家族が足りないのも大変だけど、多すぎるのもアレだよね」と笑った。

「あのさ、『欠損』の反対って、なに？」

「さあ……」

「欠損家庭っての、オレほんと、むかつくけど」

「しょうがないじゃん、一人たりないんだもん。そんなのいちいち気にしてたら、やってけないって」

このまえと逆のことを言う。離婚ホヤホヤのくせに、ベテランにすぐお説教したがる。生意気な奴《やつ》。やっぱりぼくの苦手なタイプだ。性格のフイッチ——になるのかな、ぼくたちも。でも、トモとぼくの性格のフイッチは、なんとなくうまくやっていけそうな気がするし、こんなこと想像すると恥ずかしくなるけど、ぼくはもしも、万々が一の、ちょー奇跡のもしも、トモと結婚したら、ぜったいに離婚しないと思う。

トモはコンビニの袋から出した新しいジャムパンを半分にちぎって、大きいほうを黙って差しだした。ぼくも黙ってそれを受け取った。一口かじると、イチゴジャムの甘くてすっぱい味が、口の中いっぱいに広がった。


午後の最初の競技は、ぼくたち四年生の徒競走だった。体育座りをしてスタートの順番を待っていたら、すぐあとの組で走るトモが背中をつついてきた。

「ねえ、田中くん、あそこにいるのってお父さんでしょ」

スタートラインのすぐ横の観客席にお父さんがいた。

「なんでわかったの?」

「だって、田中くんと似てるじゃん」

「……そうかなあ」

「で、あそこにいるの、お母さんでしょ」

ほんとだ。お母さんがいる。お父さんから少し離れた場所で、バッグからビデオカメラを取り出しているところだった。

「田中くんって、お母さんにも似てるよ」

トモはそう言って、Vサインをつくった。「サンキュー」とお礼を言ったら、「でも、田中くんは田中くんなんだからね」と急に不機嫌っぽく唇をとがらせて、自分の列に戻っていった。

ぼくの順番が来た。スタートラインに立つと、お母さんが「がんばれーっ」と声をかけてくれた。お父さんも、照れ笑いを浮かべて胸の前で小さく手を振った。

性格はフイッチの二人なのに、ぼくを応援するのはイッチしている。それでいい、のかな。よくわからないけど、ぼくはお父さんとお母さんの息子で、二人のことが大好きで、でもやっぱりトモの言うとおり、ぼくはぼく、なんだろう。

「位置について」とスターターの先生がピストルを空に向けてかまえた。

クラウチングスタートの姿勢をとった。予行練習では三着が最高だったけど、がんばる、お父さんとお母さんの前で、一着でゴールしてやる。

「よーい……」

ピストルの音がグラウンドに響きわたった。

サマーキャンプへようこそ

目が覚めると、車はもう高速道路を降りて一般道に入っていた。『そよかぜライン』と書いた標識が見えた。道の右側は牧場だった。牛がいる。ざっと見ただけで五、六十頭はいそうだったけど、それがほんのちょっとの数に思えてしまうほどの、一面の草原だ。左側は森。道路に沿ってシラカバの並木がずうっと先までつづいている。

「広いよなあ、ほんと……」

車を運転するパパが、あきれたようにつぶやいた。

「家なんてぜんぜん見えないね」とぼくが言うと、パパはZARDのCDをかけていたカーステレオのボリュームを少し下げて、「もともと人間の住むところじゃないんだよ、こんなところ」と笑った。

「でも、このあたり、縄文時代の遺跡がけっこうあるんだよ。先住民の伝説もあるって」

「おい、すごいなあ。五年生って、そんなことまで社会の教科書に出てるのか?」

「出てるわけないじゃん。学校だと、もっとバカっぽいことしかやらないもん」

「じゃあ自分で調べたのか?」

「うん、ゆうべネットで」

ぼくの答えに、パパはまた笑った。どうして笑うのかよくわからなかったけど、嫌な顔をされるよりいい。小学校のクラス担任の松原先生は、社会や理科の授業で班発表をするときにぼくがインターネットで集めたデータを使うと、必ずしかめつらになるんだから。

それにしても、広い。見渡すかぎりの草原と、森と、対向車のほとんどない道路と、山と、空だ。道路標識に標高が書いてあった。もう七百メートルを超えて、道はゆるやかにカーブしながら、さらに高くのぼっていく。

「土地は余ってるんだよなあ、ほんとになあ、こんな田舎にこれだけ土地があって、なんで東京があんなに狭いんだよ。不公平だと思わないか? なあ、圭太《けいた》」

パパの理屈は筋が通っているようで、通っていない。

「田舎なのに土地があるんじゃなくて、田舎だから土地があるんじゃないの?」とぼくは言った。

「だったら、ここも都会にしちゃえばいいんだよ」

ほら、またムキになって、わけのわからないことを言いだす。

いつものことだ。パパは矛盾のかたまりみたいなひとだ。「もう一生酒なんて飲まないぞお……」と二日酔いの朝にうめきながら言って、その日の夜にはまた酔っぱらって帰ってくる。会社の悪口ばかり言っているくせに、リストラされないよう課長や部長にせっせとゴマをすっている。「パパは権力をふりかざす奴《やつ》が大嫌いなんだ」という理由で、アンチ・ジャイアンツ。その筋道がよくわからないし、プロ野球の中でレギュラーの選手の名前と背番号を全員覚えているのはジャイアンツだけというのも、なんでなんだろう。

窓を少し開けた。涼しくて、ちょっと湿った風が吹き込んでくる。もうすぐ朝九時になるけど、アスファルトの照り返しはほとんどない。風がうっすらと白いのは、これが朝霧っていうやつなんだろうか。朝霧と朝もやは、どう違うんだろう。ネットで調べるときには、検索ワードは「霧」でいいのかな、先に「天候」とか「気象」で絞り込んでおいたほうが早いかな……。

「おっ、あったあった、看板出てるぞ」

パパは、ほら、と前のほうに顎《あご》をしゃくった。少し先の道路脇《わき》に、トーテムポールのような柱が立っていた。

『わんぱく共和国まで　あと5キロ』

パンフレットを見たときから覚悟はしていたけど、実際に「わんぱく」というベタベタの死語を目にすると、肩からガクーッと力が抜けてしまう。

「ねえ、パパ。やっぱり、やめない？　キャンセル料払えばいいんでしょ？　ダサいよ、こーゆーのって」

「まあなあ……センスは、ちょっとなあ……」

パパも笑いながらうなずきかけたけど、すぐに「いや、それが大事なんだよ、うん」と声を強めて言った。どこがどう大事なのかツッコミを入れるのは、やめてあげた。どうせまともな答えは返ってこないだろうし、今日から二泊三日、パパとテント生活だ。できるだけ友好関係は保っていたい。

パパが『父と息子のふれあいサマーキャンプ』に参加を申し込んだのは、六月の終わり頃だった。

パンフレットを取り寄せたのは、ママ。

「圭ちゃんもたまには思いっきり汗かいてみたら？　男の子にとっていちばん大切な

のは、たくましさなんだから」

サイテーの理屈だ。急にそんなことを言いだした理由も見当がつくから、よけいウゲーッとなった。

「圭太がそういうの嫌いだっていうのはわかるけど、ママね、松原先生の言うことにも一理あると思うのよ」

やっぱり。オバサン太りの松原先生の、腰のところが横にパンパンに張ったスカートが思い浮かんで、シャレじゃなくてウゲーッと吐きそうになった。

ぼくはクラスで一番勉強ができる。スポーツだって得意だ。ルックスにも自信がある。二月のバレンタインデーには、同級生はもちろん、五年生や六年生のおねーさんからもチョコをもらった。クールなところがカッコいい、と誰かのラブレターに書いてあった。だろーね。自分でも思うし、友だちもみんな「中田みたいじゃん」とうらやましがるし、ママだって去年までは「圭ちゃんは都会的な子だから」とよく自慢していた。

でも、五年生のクラス担任になった松原先生に言わせると、そういうのはコドモとしてサイテーなんだそうだ。

『3年B組金八先生』に憧《あこが》れて教師になった松原先生は、クラスの団結をいっとう大切にするタイプで、出来が悪くても一所懸命がんばる奴らが大好きで、そういう連中に「どうせやってもむだじゃん」と言うぼくのことが大嫌いだ。むだなことに時間をかけるよりは、発想を変えて別のことにチャレンジしたほうが、あいつらにとっても得だと思うけど、そんなのを言いだしたら松原先生によけい嫌われてしまうだろう……と、そういうふうに先回りして考えるのも、やっぱり嫌われるんだろうな、あのオバサンには。

六月の保護者会の個人面談で、先生はママに言いたい放題だった。妙におとなびているとか、醒《さ》めているとか、コドモらしくないとか、こまっしゃくれているとか、ゴーマンだとか、一人っ子は協調性がないから困ったものだとか……。仕上げの脅し文句は、「このままだと、中学に入るとイジメに遭いますよ」。

ママはきっと、それにショックを受けて、ビビったんだろう。

「ねえ、圭ちゃん、自然の中で過ごすのって、ぜーったいにいいことなのよ。いまの社会がおかしな方向に進んでるっていうのもわかるから」

「逆に、文明のありがたさが身に染《し》みるんじゃないの?」

「もう、屁理屈《へりくつ》言わないの。とにかく、いいわね、パパだって賛成してるんだから」

ママは、ねえ、とパパに話を振った。すぐそうやって勝手にひとの意見を決める。

屁理屈よりよっぽどタチが悪いと思う。

「土曜日の朝集合で、月曜日の朝に解散だろ？　七月中は休みとれないんだよなあ」

パパは気乗りしない声で言った。そうそう、とぼくも心の中で応援した。ぼくだって週末は忙しい。塾の夏期講習があるし、毎週日曜日は模試だ。

パパは面倒くさそうにパンフレットのページをめくった。

「二日や三日キャンプしたからって、性格なんてそう簡単には変わら……」

「ない」が、聞こえなかった。

パパは急に真剣な顔になった。パンフレットに書いてあるコピーをじっと見つめ、う～ん、と低くうなった。

〈おとうさんの背中が、ひとまわり大きくなった〉

ヤバい——と思った。矛盾のかたまりのようなパパは、ロマンのかたまりでもある。

パパは顔を上げて、ちょっと力んで言った。

「なあ圭太、たまには男同士、星でものんびり見るか。気持ちいいぞお」

「……でも、パパ、仕事が忙しいんでしょ？」

「会社なんてどうにでもなるさ。ママの言うとおりだよ、圭太も五年生なんだから、もうちょっとワイルドにならなきゃな。このままじゃオタクになっちゃうぞ」

ワイルドと来たか、ワイルドと。オタクの意味もちょっとはき違えているみたいだ。でも、こうなったら、パパは止まらない。ママも「そうよ、パパ、たまには圭太にいいところ見せなきゃ」と張り切って言った。

単純なパパに、心配性のママ。二人はしょっちゅうケンカをしているけど、たまに意見が合ったときは抜群のコンビネーションを見せる。

「圭太、おまえプレステの新しいソフトが欲しいって言ってたよなあ」とパパが言うと、ママも「そろそろウチもISDNにしようと思ってるんだけどなあ、どうしようかなあ」とぼくに目配せした。

メリット、あり。

松原先生の嫌いそうな言葉を、わざと思い浮かべた。そんな言葉を知ってることじたい、先生はむかつくだろう。でも、受験組の五年生をナメちゃいけない。ぼくはこの四月から、朝日新聞の『天声人語』を毎朝読んでいる。

「わかった、行くから」とぼくは言った。

ママは「ほんと、計算高いんだから」と笑い、パパは「キャンプなんてひさしぶりだなあ」と両肩をぐるぐる回した。

「ひさしぶりって、パパ、何年ぶりなの?」

「子供会で一度行ったきりだから……えーと、何年だろうなあ」

「子供会のキャンプなんてあった？　ぼく、行ったことないよ」

「違う違う、パパの子供の頃の子供会だよ。だから、まあ、三十年ぶりってところかな、三十五年ぶりぐらいかなあ」

「……だいじょうぶなの？　そんなので」

「だーいじょうぶ、だーいじょうぶ、小学生のキャンプじゃないか。いいからパパにまかせとけ、なっ」

パパはそう言って、もう一度パンフレットのコピーを見つめた。まだ出かけてもいないのに、一仕事終えたみたいな嬉《うれ》しそうな顔で大きくうなずいた。

そんなわけで、ぼくとパパは、夏休み最初の週末を二人で過ごすことになった。

土曜日の早朝――、外がまだ暗いうちに家を出て、いま、キャンプ場まであと二キロの看板を過ぎたところだ。

パパは大きくあくびをして、缶入りのポカリスエットを一口飲んだ。あくびがぼくにも移ったのを見て、「眠そうだなあ」と笑う。

まあね、とぼくは窓を細めに開けてうなずく。「興奮して眠れなかったんじゃないのか？」と訊《き》かれると、こっそり親指を下に向けて、ブーイングのポーズもとった。

「パパもさあ、まだ二日酔い治らないよ。頭痛くて」

もう一度、ブーイングのポーズ。

ゆうべは早い時間にベッドに入ったのに、十一時過ぎに起こされた。酔っぱらって帰ってきたパパが、台所でゴキブリを見つけて大声を出したせいだ。ママがコックローチと新聞紙でゴキブリを退治するまで、パパは玄関に避難して「早くしろ、早く、なにやってんだ！」と叫びどおしだった。

パパは虫が嫌いだ。ゴキブリはもちろん、蠅《はえ》が一匹飛んでいるだけで大騒ぎになる。

「パパは不潔なのが嫌いなんだ」と自分では言うけど、ぼくもママも、「パパって怖がりだよね」で意見が一致している。

虫のことだけじゃない。パパは古新聞に紐《ひも》をかけられないほど不器用で、食べ物に好き嫌いが多くて、アレルギー体質で……つまり、アウトドアとはぜんぜん無縁のタイプなのだ。

出がけにママが「パパのこと、よろしくね」とぼくに耳打ちしたことは、もちろん、パパは知らない。

車は『そよかぜライン』からデコボコ道に入って森をつっきり、『ようこそ　わんぱく共和国へ』と書かれたアーチをくぐった。

集合時刻の三十分以上前だったけど、もう数十人の親子連れが来ている。

駐車場に並ぶ車は、ゴツい４ＷＤや屋根に荷物を載せたワゴン車ばかりだった。ピックアップトラックや、サイドカー付きのハーレーダビッドソンもあった。セダンなんてほとんどない。ましてや、ママの街乗りがお似合いの軽四なんて、ウチだけだ。

車だけじゃない。ログハウスの前に集まった親子連れ、特に父親のほうは、登山靴にザックにチロリアンハットにポケットのたくさんついたベストに厚手のワークシャツと、みんなＣ・Ｗ・ニコルみたいだ。

「なんだ、おい、本格的だなあ……」

パパはうわずった声で言った。

「だから言ったじゃん、靴ぐらい買えばって」

「うるさいよ、おまえ、少し黙ってろ」

声はどんどんうわずっていく。

パパは、半年前に仕事用から休日用に格下げされた、踵《かかと》の磨《す》り減ったローファーを履いてきたのだ。

だまされた——。

＊

パパはテントを組み立てながら、何度も言った。最初は怒った声だったけど、失敗を繰り返すたびに、だんだんグチっぽい言い方に変わってきた。

キャンプサイトに残って作業をしているのは、ウチだけだ。あとの親子連れはみんなとっくにテントをつくり終えて、オリエンテーリングに出かけた。

「ねえ、パパ、ポール曲がってない？」

「うるさいなあ、いいんだよ、これで。ほら、シートかぶせるから手伝え」

地面に立てた三本のポールの上に、テントの屋根をかぶせた。

「グラグラしてない？」

「なに言ってんだ、ほら、ぜんぜん……」

だいじょうぶじゃなかった。ポールは三本ともあっけなく倒れてしまった。また失敗。草むらに座りこんで「だまされたよなあ」とつぶやくパパの声は、もう半べそに近くなっていた。

「テントなんて、もっと簡単なやつがあるんだぞ。こないだテレビ通販でやってたんだ、折り畳んであるのをポーンと放ったら、ジャンプ傘みたいにテントができるんだから」

「しょうがないじゃん。レンタルのテントって、これしかないんでしょ？」

「だから、テントを借りる客は初心者なんだから、簡単なやつを用意しとくのがスジってもんだろう。ったく、いいかげんなキャンプ場なんだから……」

「レベルの高いキャンプ場なんじゃない？」

「うるさい、よけいなこと言わなくていいんだよ、おまえは」

パパは煙草《たばこ》をくわえ、顔のまわりを飛び交うヤブ蚊をうっとうしそうに手で追い払う。

「おい圭太、ちょっと虫よけスプレー貸してくれ」

「さっき塗ったじゃん」

「汗でぜんぶ流れちゃったんだよ、いいから持ってこい」

パパのリュックサックは、そのまま救急箱として使えそうだ。バンドエイドにオロナイン軟膏《なんこう》にバファリンにパンシロンに、あと水虫の薬と痔《じ》の薬、アンメルツもあるし、目薬や鼻炎用カプセルまである。病気やケガの薬だけじゃない。蚊取り線香にキンチョールまで持ってきた。ママに止められなかったら、ゴキブリよけのホウ酸団子も持ってくるつもりだったらしい。

ぼくはスプレーをパパに渡すと、自分のリュックからケータイとデジカメとノートパソコンを出した。

塾の友だちに暑中見舞いのメールを送るのを約束していた。学校の友だちはほとんどパソコンを持っていないので、はがきで送ることにしている。松原先生は「小学生のうちはパソコンなんて使わないほうがいいのよ」と言うけど、便利な道具はどんどん使えばいいいんじゃないかとぼくは思う。パソコンでつくった暑中見舞いと手書きのはがきの暑中見舞いに、差なんてない。パソコンだから心がこもっていないなんて偏見だ……そんな言葉をつかうと、また先生は嫌な顔をするだろうな……。

パソコンの液晶ディスプレイに、デジカメの画像が映し出された。草原に、森に、青空に、雲に、遠くの山なみ——牧場をそのまま使った『わんぱく共和国』は、『そよかぜライン』から眺めた風景とほとんど変わらない。最初はきれいだと思い、それなりに感動もしたけど、半日も過ごすと、もう飽きてしまった。ふーん、きれいだね、でもそれがどーしたの？　って感じだ。

ディスプレイでモニターしながらデジカメの角度を変えて、ベストアングルを探した。パパがくわえ煙草で「おい、圭太、パパが撮ってやろうか」と言ってくれたけど、笑って断った。パパが撮ったデジカメの画像はいつもあとで補正しなくちゃいけないし、ぼくの顔は画像ソフトではめ込み合成するつもりだ。Vサインをつくった写真は、もう東京で撮ってある。文面は〈ぼくはいま大自然の中にいまーす(笑)〉。ほんものなのに、つくりもの。そういうのが、なんとなく、いい。

デジカメの画像をパソコンに取り込んでいたら、ログハウスのほうからホイッスルの音が聞こえた。

サファリハットにバンダナにアーミーシャツにハーフパンツにハイソックスという、アフリカの密猟者みたいなファッションの『わんぱく共和国』のスタッフが、マウンテンバイクでこっちに向かってくる。

たしか、最初の自己紹介で「リッキーと呼んでください」と言ってたひとだ。断っておくけど、このひと、日本人。スタッフはみーんなどこから見ても日本人で、だけど名前はリッキーにマイケルにジョニーにローズにリンダ……。ビジュアル系バンドみたいだ。

「なんなんだ、うるさいなあ」

パパは煙草を足元に捨てて、ローファーのつま先で火を消した。

すると、リッキーさんはまたホイッスルを吹いて、シャツの胸ポケットから出した黄色いカードを高々と頭上に掲げた。

イエローカード――ってやつ？

パパとぼくが三十分かけても屋根すらかけられなかったテントを、リッキーさんはたった一人で、五分たらずで組み立てた。煙草のポイ捨てを注意されてムッとしていたパパも、思わず「へえーっ」と感心するほどの手際《てぎわ》のよさだった。

リッキーさんは作業を終えるとぼくを振り向き、パソコンを差した指をワイパーみたいに左右に振った。

「おいおい、都会のもやしっ子、大自然の中じゃそんなものは役立たずさ。風を肌で感じてみなよ、森の息吹《いぶき》を全身で受け止めてみなよ、パソコンなんかよりずっと楽しいんだぜ」

巻き舌で、おおげさな身振りを交えて、今度パソコンを出したらイエローカードだぞ、と警告する。

ドーッと疲れた。「もやしっ子」と呼ばれたことを怒る気力すら湧《わ》いてこない。

風を肌で感じる。森の息吹を全身で受け止める。

うひゃあっ、と声が出そうになる。

なんか、それって、すごく嘘《うそ》っぽくない？

キャンプに参加した五十組の親子の中で、ぼくたちはサイテーのペアだった。

トップから一時間近く遅れてスタートしたオリエンテーリングは、けっきょく第一チェックポイントにすらたどりつけなかった。パパの「こっちだ」を信じたのが間違いだった。捜しにきたジョーさんとチャーリーさんのジープに乗せてもらい、無線でログハウスに連絡するジョーさんの「救助、完了」という言葉を聞いたときには、情けなくて泣きそうになった。

テントに戻って夕食の支度にとりかかっても、やっぱりサイテー。ログハウスの売店で「せっかくこういうところに来たんだから、野性の味でいくか」と鹿肉《しかにく》をブロックで買ったのに、料理もなにも、焚《た》き火にちっとも火がつかない。

百円ライターじゃ無理だと思っていたぼくは最初からあきらめモードだったけど、パパは煙にむせかえったり、熱くなったライターの先を触ってやけどしそうになったりしながら、一時間近くがんばった。でも、最後は「もういい、やめたやめた」と石組みのカマドを蹴飛《けと》ばして、ギブアップ。いつだったっけ、プレステの『電車でG

O！』を教えてあげたときと同じだ。

「今夜はパンだ、いいな、圭太。おまえパンのほうが好きだもんな」

「お肉、どうするの？」

「鹿肉なんて、そんなの食ったら腹こわすぞ。寄生虫いるんだから、ああいう肉には」

「捨てちゃうの？」

「……クーラーボックスに入れとけばだいじょうぶだろ。ママにおみやげだ、珍しいから喜ぶぞお」

強がって笑うパパの背中が、悪いけど、どんどん小さく見えてしまう。

「ま、とにかくサンドイッチでも食うか。パン、売店で売ってたの知ってるんだ、ちょっと買ってくるよ」

「サンドイッチ、パパがつくるの？」

「あたりまえだろ、いいからまかせとけ」

駆けだすパパの背中に、ぼくは「手、洗ってきてね」と言った。パパの手は炭を触ったせいで真っ黒だ。その手で汗を拭《ふ》いたり虫に刺されたところを掻《か》いたりするから、顔も首筋も黒ずんでいる。軍手を持ってこなかったパパが悪い。でも、せっかく売店があるのなら軍手ぐらい売ってればいいのに。ついでにチャッカマンとか固形燃料とかも。売店担当のマイケルさんはあいさつのとき、「テント以外の基本的な道具は、あえて売店には置いていません。忘れたひとは、ご自分で工夫してください」とすまし顔で言っていた。

ログハウスの窓から、パパがマイケルさんと話しているのが見える。なにか質問されているんだろうか、パパは身振り手振りを交えて、いかにも言い訳を並べたてているみたいに、しどろもどろにしゃべっている。

マイケルさんは、食パンといっしょに二枚めのイエローカードを出した。売店で買ったものをむだにしてしまうのは、アウトドアのルールに違反しているらしい。おみやげで肉を買ったんだとパパが何度言っても信じてもらえなかったらしい。給食を食べ残すと昼休みに遊ばせてくれない松原先生に負けないぐらい厳しい。

都会の窮屈な暮らしを忘れる三日間——。

パンフレットには、そんなコピーも書いてあったと思うけど。

カレーやバーベキューの香りがあちこちから漂ってくるなか、ぼくたちは肩をすぼめてトマトを挟んだだけのサンドイッチを食べた。焚き火のない暗がりで食事をしていると、なんだか親子でホームレスになった気分だ。

「圭太、懐中電灯持ってきたよな？　それ、点《つ》けようか」

「いいよ、そんなの。かえってむなしくなるから」

「……だよなあ」

すぐそばのテントでは、何組かが集まってランタンの明かり付きのにぎやかな夕食を楽しんでいる。「こんばんは、よろしく」なんて言って合流するペアもいる。父親はみんなアウトドアの達人ふうで、息子たちは揃《そろ》って、栄養が頭より体にまわるタイプの連中だ。

パパはそいつらをちらちら見ながら、どうする？　というふうにぼくに目配せした。

「行かなくていいよ」ぼくは迷わず言った。「パパと二人でいい」

「そっか、うん、そうだよなあ。せっかく二人でキャンプに来てるんだもんな」

パパはホッとした笑顔を浮かべた。

これ以上恥をかきたくないもん――なんて言うほど、ぼくは意地悪な息子じゃないし、たまたま同じキャンプ場に来ただけの奴《やつ》らと、あんなふうに友だちっぽくしゃべるのって、なんか嫌だ。劇をやってるみたいで恥ずかしいし、もしかしたらすごく気の合う奴もいるのかもしれないけど、こういうときに友だちになるのって、ちょっと嘘くさいよなあ、と思う。

「それでも、まあ……あれだよなあ……」

パパはしみじみと言って、「うん、あれだよ、うん」と、なにも話していないのに一人でうなずいた。

ぼくも、なにかしゃべったほうがいいとは思いながら、言葉が浮かばず、黙ってパンをかじるだけだった。

朝からずっとパパと二人きりだったんだ、とあらためて気づいた。こんなに長い時間をママ抜きで過ごすのは初めてだ。明日の昼間は親子別行動だけど、夕方からはまたパパと二人になる。同級生の中には、自分の父親のことを「オヤジ」と呼んだり、「親なんて関係ねーよ」なんて言ったりしてワルぶる奴もいる。そういうのって、けっきょくガキっぽさの裏返しだと思うから、ぼくはなにも言わない。オトナっぽく見せたがるガキっぽさって、どうにかならないかなあ――あいつらを見てると、いつも思う。

パパはサンドイッチを食べ終えて、おでこに巻いたタオルをほどきながら言った。

「なんか、あれだよなあ、悪かったかな、無理やりキャンプなんかに付き合わせて」

ぼくもサンドイッチの最後の一口を頬張って、「そんなことないよ」と答えた。「おもしろいよ、すごく」

「……そんな、おまえ、いいんだぞ、気をつかわなくたって」

「だって、ほんとだもん、おもしろいもん」

嘘をついたわけじゃない。でも、もっとにっこり笑って言ったほうがよかったかも、と思った。昼間も、もっとガキっぽくはしゃげばよかった。さっきから花火をあげて大騒ぎしている、あのあたりの連中みたいに。

「花火、売店に売ってたぞ。買ってくるか？」

「ううん、いらない」

「そっか……ま、ひとがやってるのを見てりゃ、それでいいか、金もかかんないし」

パパは「ちょっとセコいか」と自分でツッコミを入れて、タオルで首筋をこすりながら笑った。ぼくも笑い返す。ツッコミがおもしろかったというより、そんなふうにベタなツッコミを入れるパパのことが、おかしかった。

笑いながらふと顔を上げると、パパと目が合った。パパはもう笑っていなかった。怒っているというほどじゃなかったけど、なにかあきれたような、まいったなあというような顔でぼくを見ていた。

「圭太、ほんとに、キャンプ楽しいか？」

「うん……楽しいよ」

「じゃあ、もっと楽しそうな顔しろよ」

「笑ったじゃん」

「でもなあ、ちょっとおまえ、そういう笑い方やめたほうがいいぞ。なーんかパパ、バカにされたような気がしちゃうんだよ。友だちに言われたりしないか？　おまえに笑われたら傷つくって」

ぼくは黙って首を横に振った。嘘じゃないけど、ちょっとだけ嘘かもしれない。友だちは「傷つく」とは言わないけど、ときどき「むかつく」と言う。

でも、ぼくはパパをバカにして笑ったつもりはない。今日だって、いろんなことがあったけど、楽しかった。

一学期の通知表のことを思いだした。生活の記録に〈もっとがんばりましょう〉が二つあった。〈クラスのみんなと協力しあう〉と、〈明るく元気に学校生活をすごす〉が、どっちもだめだった。

個人面談につづいてショックを受けたママに、ぼくは「こんなの松原先生の主観なんだもん、関係ないよ」と、また先生の嫌いそうな言葉をつかって言った。「中学入試は内申点なんて関係ないんだし、世の中にはいろんなひとがいるんだもん、たまたま松原先生とは気が合わないだけだよ」とも言った。励ましてあげたつもりだったのに、ママはぽろぽろと涙を流してテーブルに突っ伏してしまった。パパはそのことを知らないはずだ。晩ごはんまでに立ち直ったママが「これ、まいっちゃった」と通知表を見せると、「圭太は誤解されやすいタイプなんだよなあ」と笑っていた。

そうだよ——と思った。パパだって、いま、ぼくのことを誤解してるんだ。

「ねえ、パパ」

「うん？」

「ぼくってさあ、誤解されやすいタイプなんだよ、きっと」

終業式の日にパパが言った言葉をそのまま返したのに、パパは困ったような顔で笑うだけで、「そうだな」とは言ってくれなかった。

急に気詰まりになって、腕を虫に刺されたふりをして「スプレーしてくる」とテントに戻った。

パパのリュックをかたちだけ探っていたら、マジックテープで留めた内ポケットの中に、書類が入っているのを見つけた。グラフや表のぎっしり並んだ、よくわからないけど仕事の書類のようだ。

こんなところで仕事なんかできるわけないのに。アウトドアをなめてるんだよなあ、パパって。

笑った。でも、この笑い方がだめなのかな、と気づくと、笑顔はあっというまにしぼんでしまった。

テントから出ると、パパは夜空を見上げて「もう寝るか」と言った。あくびをする背中が、ちょっと寂しそうに見えた。

＊

次の日は、朝からコドモたちだけで河原に出かけた。

五人一組で班をつくった。メンバーは全員ぼくと同じ五年生だったけど、学校の同級生だったらぜーったいに仲良くなりたくないタイプの奴らばかりだ。

なんでこんなにすぐに大声出すんだ？　なんで無意味にダッシュしたがるんだ？　体を動かさずにはいられないって？　心臓が動いてりゃ、それでじゅうぶんじゃないの？

おまけに、ぼくたちの班のリーダーはリッキーさんだった。

「へーイ、どうした、元気ないぞお、もやしっ子。狭っ苦しい都会で背負《しょ》い込んだストレスなんてパーッと捨てちゃえばいいんだ。昨日配った歌集があるだろ、そこの六ページ、『フニクリ・フニクラ』を歌おう！　さん、にー、はいっ！」

リッキーさんは意地でもぼくを「わんぱく」にしたいらしい。東京のマンション暮らしで、ちょっとスリムな男の子は、みんな「もやしっ子」ってわけ？　ちょー単純。

歩きながら、ゆうべのパパを思いだして空を見上げた。陽射《ひざ》しはそれほど感じなかったけど、雲ひとつなく晴れ渡った空の、青い色がまぶしい。

東京の天気はどうだろう。もうアスファルトがじりじりと熱くなっている頃だろうか。

いつもなら、この時間は塾の日曜模試を受けている頃だ。日曜日は忙しい。朝七時に家を出て、電車に乗って都心の塾に向かい、模試が終わってまっすぐ帰っても夕方近い。

「せっかくの日曜日なのに……」とリッキーさんなら言うだろう。松原先生でもきっと言うはずだ。

でも、塾の模試はめちゃくちゃ難しい問題ぞろいだけど、やる前から百点が見えている学校のテストよりずっとおもしろい。試験の出来に自分でも手ごたえがあるとき、塾のビルから出て空を見上げると、思わずその場でジャンプしたくなる。お酒なんて飲んだことはないけど、ビールのコマーシャルの、あの「サイコー！」っていう気持ちよさと、けっこう似てるんじゃないかな、とも思う。

リッキーさんや松原先生の好みには合わないかもしれない。でも、「そんなの間違ってる」なんて言われたくない。本人が「サイコーだ」って言ってるんだから、それでいいじゃん……。

上を向いて歩いていたら、みんなから遅れてしまった。

「おーい、もやしっ子、チームワーク、チームワーク！」

リッキーさんはぼくを振り向いて、駆け足のポーズで言った。笑っていた。リッキーさんは松原先生ほど短気じゃないようだ。でも、笑えば笑うほど、いろんなことが嘘《うそ》っぽく感じられる。

歩きながら、まわりの風景を見渡した。目に見えるものはほんものの空や山や森や草原なのに、それをまとめて「大自然」と言われたら、ぜんぶつくりものみたいに思えてしまうのは、なんでだろう。

河原で拾った小石にアクリル絵の具で色をつけろと言われた。ストーン・ペインティングというらしい。

「石って、いろんな色や形をしてるだろ？　象に見えたり、魚みたいだったり、電話機みたいだったり。自由な発想で、さあ、君はこの小石からどんな隠れキャラを見つけるかな。レーッツ・チャレンジ！」

バカらしくなって、テキトーに拾った小石を茶色に塗りつぶした。

「へーイ、もやしっ子、なんだい？　それは」

「うんこ」

「は？」

「うんこに見えたんだもん」

ギャグだよ、シャレだよ、ボケたんだよ。

でも、リッキーさんはツッコミを入れてくれなかった。なにか信じられないものを見てしまったような顔になって、ゆっくりとポケットからイエローカードを取り出した。

ほらみろ。リッキーさんの言う「自由な発想」って、「ここからあそこまで」が決まってるんじゃないか。だったら、なんで「自由」なんて言葉をつかうんだろう。

ストーン・ペインティングが終わると、川の浅瀬に手作りの簗《やな》を仕掛けて魚を捕った。肥後守《ひごのかみ》を使って魚をさばく方法を教わった。カマドを組んで火をおこし、ブリキ缶を使って魚を燻製《くんせい》にした。

ひとつずつの体験はおもしろかった。でも、リッキーさんが「どうだい、テレビゲームの一万倍ぐらいおもしろいだろ？　男の子は、やっぱり自然を遊び場にしなくちゃ」なんて言うたびに、気持ちが冷めていく。

アウトドアもおもしろいけど、テレビゲームだっておもしろい。それでいいんじゃないの？　なんで比べるわけ？　遊び場なんてどこでもいいじゃん。マンションの駐車場で遊ぶのも楽しいし、ノートパソコンがあれば一日中たっぷり遊べる。なんで自然が「やっぱり」なわけ？「しなくちゃ」って決めつけるわけ？

そんなふうに考えてしまうのって、ひねくれた「もやしっ子」だから？「わんぱく」なコドモはそんなこと考えたりしない？

今度、塾の日曜模試で「わんぱく」の同義語を書く問題が出たら、「単純」と書いてみようかな……。

空が少しだけ夕方の茜色《あかねいろ》に染まりかけた頃、キャンプ場に戻ってきた。

パパがいた。ほかの父親といっしょに、今夜のキャンプファイアーのメインイベント、子牛の丸焼きの準備をしていた。

といっても、正確には「いっしょに」じゃない。ほかの父親はみんな、レンガでカマドを組んだり薪《まき》を割ったりタープを張ったりしているのに、パパだけ仕事がない。人数の要る力仕事を見つけたらメンバーに交ぜてもらって、へっぴり腰でくっつくけど、それが終わるとまたひとりぼっちに戻って、近くのゴミを拾ったり、タオルで汗を拭《ふ》いたりするだけだ。

とびっきり不器用で、腕力がなくて、なによりアウトドアの超初心者のパパだ。しかたないといえば、しかたない。へたに難しい仕事をやらされたら、ぜーったいに恥をかくし、みんなに迷惑をかけてしまうだろう。むだな努力は、しないほうがいい。それがお互いのため。ぼくは知ってる、こういうの、「適材適所」っていうんだ。

頭ではちゃんと納得できる。でも、パパの背中を見ていると、おなかの奥のほうが重くなってしまう。たまに家族三人でデパートに出かけて、屋上のゲームコーナーで遊ぶときには、めちゃくちゃ張り切るパパなのに。ほんとうかどうかは知らないけど、「ウチの営業所はオレがいないとアウトだからなあ」なんてママに自慢してるパパなのに。

ログハウスの裏手から、丸太が運ばれてきた。パパは待ってましたというふうに駆け寄ったけど、人数は足りているみたいで、アポロキャップをかぶったヒゲづらのオッサンに、そっけない手振りで手伝いを断られた。

「あ、どうもどうも、そうですか」なんて声が聞こえてきそうなしぐさで会釈《えしゃく》しながら引き下がるパパの背中は、何十人もいる父親の中でいっとうしぼんで見えた。

ヒゲづらのオッサンに文句を言いたくなった。手伝わせてやればいいじゃん、一人増えたからって、べつにいいじゃんよ、ウチのパパのこと、シカトすんなよ……。

パパはタオルでまた顔の汗を拭いて、こっちを見た。

ぼくに気づくと一瞬ビクッと肩を動かして、それから笑った。

おう、圭太、がんばってるか——なんていうふうに、無理して。

ぼくは顔をそむけ、班分けして以来初めて、自分のほうからみんなの輪に入っていった。

オトナが子牛の丸焼きの準備をしている間、ぼくたちはターザンごっこをすることになった。

もやい結びで太い枝に結わえつけたロープを両手でつかんで、勢いよく体を投げ出す。

「ア～ア、ア～ッ！」

出るぞ出るぞと思っていたら、やっぱりリッキーさんはターザン・シャウト付きのお手本を見せた。

班のメンバーも、大声を出しながらロープに乗って跳んでいく。恥ずかしくないんだろうか、こいつら。デリカシーってものをまったく持ってないんだろうか。

ぼくの番が来た。

「おっ、次は、もやしっ子か?」

ロープをぼくに渡すリッキーさんの顔と声は、はっきりとわかる、オレはおまえみたいなガキは大嫌いなんだ、と伝えていた。

べつにいいさ。ぼくだって、あんたみたいなオトナは大っ嫌いだ。

「怖くても『ママー!』なんて言っちゃダメだぜ」

言わないよ、バーカ。

ロープを両手で握りしめて、跳んだ。声なんか出すもんか。ぼくは確かにひねくれてるのかもしれないし、コドモらしくないのかもしれない。でも、ぼくは、ぼくだ。ロープがピンと張って、ぼくの体は振り子みたいに地面すれすれのところから持ち上がっていく。サイコーのタイミングで手を離して、誰よりも遠くまで跳んでいってやろう。負けない、あいつらになんか——。

あとちょっと、のところでパパの姿が見えた。みんなから離れて、ひとりぼっちで、組み上がったカマドのまわりのゴミを拾っていた。

目をそらしたら、いっしょに体のバランスも崩れた。ロープをつかんだ手が滑る。

ヤバい——と思った瞬間、体がふわっと軽くなった。

まっさかさまに、落ちた。

＊

ケガといっても、たいしたことじゃない。地面に落ちるときに腰を打ち、てのひらを擦りむいた、それだけだ。

でも、リッキーさんたちはあわてふためき、担架でぼくをログハウスの宿直室に運び込んだ。レントゲンだの傷害保険だのといった言葉が、ドアの向こうから聞こえてくる。

いや、リッキーさんたちは、ぼくを心配しているだけじゃなかった。

「とにかく、参加しようとする意志が見られないんですよね。なにをやってもつまらなさそうな態度で、こっちが盛り上げようとしても、ぜんぜんノってこないんですから」

「はあ……どうも、すみません……」

パパの声が聞こえて、ぼくは体を起こした。腰がズキッと痛む。やっぱり、けっこう、ひどいケガなのかもしれない。

「シラけたポーズがカッコいいんだと思ってるのかもしれませんが、そんなのね、しょせん小学生が斜に構えてるだけなんですから、ぼくらから見るとあきれるしかないんですよ」

しょせん――とリッキーさんは言った。

ふうん、とぼくは腰を手で押さえたまま、黙ってうなずいた。なるほどね、そうなんだ、ふうん。何度もうなずいた。終業式の日に通知表を渡されて、〈もっとがんばりましょう〉を見つけたときも、こんなふうにうなずいていたような気がする。

『わんぱく共和国』に来てからずっと感じていた嘘っぽさは、やっぱり間違ってなかった。リッキーさんが自分で種明かししてくれた。ぼくらはみんな「しょせん小学生」で、そんなぼくらに、あのひと、営業用スマイルでにこにこ笑ってたんだ。ぼくが営業用わんぱく少年にならなかったから、あんなにむかついてたんだ。

パパの返事は聞こえない。うつむいて黙りこくっているんだろうか。そんなの嫌だ。

絶対に、嫌だ。

ぼくはベッドから降りて、ドアに耳をつけた。

「失礼ですが、圭太くん、東京でも友だちが少ないタイプじゃないんですか？　ちょっとね、学校でもあの調子でやってるんだとしたら、心配ですよねえ。お父さんも少し……」

言葉の途中で、大きな物音が響いた。机かなにかを思いきり叩《たた》いた、そんな音だった。

ぼくはドアをちょっとだけ開けた。正面はリッキーさんの背中、その脇《わき》から、机に両手をついて怖い顔をしたパパの姿が見えた。

ケンカになるんだろうか、とドアノブに手をかけたまま身を縮めた。

でも、パパは静かに言った。

「圭太は、いい子です」

「いや……あの、ぼくらもですね、べつに……」

リッキーさんの言い訳をさえぎって、「誰になんと言われようと、あの子は、いい子です」と、今度はちょっと強い声で。

照れくさかった。嬉《うれ》しかった。でも、なんとなくかなしい気分にもなった。「ありがとう」より「ごめんなさい」のほうをパパに言ってしまいそうな気がして、そんなのヘンだよと思って、「いい子」の意味がよくわからなくなって、困っていたら手に力が入ってドアノブが回ってしまった。

ドアといっしょに前のめりになって出てきたぼくを見て、リッキーさんは、まるでゴキブリを見つけたときのパパみたいに「うわわわっ」とあとずさり、そばにいたジョーさんやリンダさんも驚いた顔になった。

パパだけ、最初からぼくがそこにいるのを知っていたみたいに、肩から力を抜いて笑った。

「圭太、歩けるか?」

「……うん」

「帰ろう」

「うん!」

リッキーさんは「ちょ、ちょっと待ってくださいよ、勝手な行動されると困るんですよ」と止めたけど、パパはその手を払いのけて、「レッドカード、出してください」と言った。

『わんぱく共和国』から『そよかぜライン』に出るまでのデコボコ道を、パパの運転する軽四は砂埃《すなぼこり》をまきあげながら走った。来たときと同じように小さな車体は揺れどおしで、カーステレオのZARDの歌はしょっちゅう音が飛んでしまう。でも、お尻《しり》を下からつつかれる、痛いようなかゆいような感じが気持ちよかった。

「圭太、腰だいじょうぶか？　痛かったら、もっとゆっくり走るからな」

「だいじょうぶだいじょうぶ」

「どこかに病院あったら……痛っ！」

「パパ、しゃべんないほうがいいよ、舌嚙《か》んじゃうから」

「うん……そうだな、うん……」

デコボコ道の途中で、陽が暮れた。ヘッドライトに照らされた森をぼんやり見ていると、ディズニーランドのジャングル・クルーズを思いだした。あのジャングル、マジ不気味だったよな、とも。

ほんものを見てつくりものを思いだすのって、やっぱりひねくれてるのかな。バーチャル・リアリティっていうんだっけ、ほんものよりつくりもののほうが、ほんものっぽい気がする、それってやっぱり間違ってるのかな。テレビゲームのせいなのかな。アニメやCGがいけないのかな。よくわからないけど、しょうがないじゃん。

横を向いたら、サイドウインドウにぼくの顔がうっすら映っていた。「もやしっ子」でーす、としょぼくれた顔をつくってみた。「わんぱく」でーす、とほっぺたに力を入れてみた。どっちも簡単で、どっちも嘘《うそ》っぽくて、オトナってめっちゃ単純じゃーん、と笑った。

「おまえ、なに一人でにらめっこしてるんだ？」とパパが言った。

「べつに、なんでもない」

顔のどこにも力を入れないと、いつものぼくになる。つまらなそうに見える、のかもしれない。醒《さ》めた顔、なのかもしれない。これからもずっと、リッキーさんや松原先生みたいな単純なオトナには嫌われっぱなし、なのかもしれない。

それで、べつにいいけど。かまわないけど。ぜんぜん気にならないし、ふうんそうなの、でいいんだけど。

「ねえ、パパ」窓に映るぼくを見たまま言った。「あのさ……」

「うん？」

「キャンプってさ、けっこう楽しかったよ、ほんとに」

「いいよいいよ、無理しなくて。悪かった、パパ反省してるんだ」

「違うって、ほんと、おもしろかったもん」

やだな、いま、一瞬、泣きそうな声になった――と気づくと、喉《のど》が急にひくついて、まぶたが重くなった。

「パパにはわかんないかもしれないけど……楽しかったもん」

ぼくはもう五年生なのに。ガキっぽいのって嫌いなのに。

鼻の頭を手の甲でこすると、ぐじゅぐじゅ濡《ぬ》れた音がした。

パパは、カーステレオのボリュームを少し上げて、「そんなのわかってるよ」と言った。怒った声だったけど、なんだか頭をなでてもらっているような気がして、まぶたがもっと重く、熱くなって、あとはもう、どうにもならなかった。

パパは黙って車を運転した。ときどきぼくのほうを見て、何度かに一度はため息もついたけど、ずっと黙ってくれていた。

『そよかぜライン』をしばらく走って、展望台を兼ねた駐車場で休憩した。

車の中からだとわからなかったけど、外に出ると、月が頭上にあった。まん丸で、ちょっとレモン色がかったお月さまだった。車から降りて深呼吸すると、涼しさを通り越して寒いぐらいの風が胸いっぱいに流れ込んだ。

「ちょっと見てみろよ、圭太。すごい星だろ、こういうのを星降る夜空っていうんだよ」

パパはグリコのマークみたいに両手を大きく広げて、嬉しそうに言った。

ぼくは自分の影のおなかを軽く蹴《け》って、ゆうべと同じだ、腕を蚊に刺されたふりをして、虫よけスプレーを取りに車に戻った。

パパのリュックを探っていたら、仕事の書類の入っていたのとは別の内ポケットに、本の入っている手触りがあった。キャンプの夜、焚《た》き火とランタンの明かりで読書――ロマンチストのパパの考えつきそうなことだ。

泣いているのを見られたお返しにからかってみよう、とマジックテープをはずして本を出した。月明かりだけを頼りに表紙のタイトルを読んだ。

『父から息子へ贈る50の格言』

マジ？　これ、マジなの？　大自然の中で親子でキャンプをして、息子にしみじみと人生を語るつもりだったってわけ？

いかにも、パパ。それが空振りに終わるところも、やっぱり、パパだ。笑った。笑えた。この笑顔、ちょっと自信があったけど、車の外に出たら、パパは自動販売機で飲み物を買っているところだった。ちぇっ、とうつむくと、夕立のあとで葉っぱから落ちる雨粒みたいに涙がにじんだ。

車のそばに戻ってきたパパは、二本買った缶コーヒーの一本をぼくに渡して、首をひねりながら言った。

「十一時頃には帰れると思うけど、ママ、びっくりするだろうなあ」

「……だね」

「鹿肉《しかにく》なんて持って帰っても、困っちゃうかもなあ」

「……かもね」

さっきはうまく笑えたのに、もう一度笑ってみようと思っても、口元がうまく動かない。

「それにしても、みんなすごかったなあ。パパなんか、もう邪魔者みたいなものだったから、はっきり言って、圭太がケガしなくても帰りたかったよ」

「向いてないんだよ、ぼくもパパも」

「圭太はまだわかんないだろ。おまえはまだコドモなんだから、これからいろんな可能性があるんだぞ」

「パパは？」

「オッサンだからなあ……まあ、とにかく、アウトドアはだめだ、それがわかっただけでも、いいな、うん」

「でもさ、パパ、『ウンジャマ・ラミー』で競争したら、絶対にトップだよ。あと、『ポケモンピンボール』だって、めっちゃうまいじゃん、パパ」

「なに言ってんだ」

パパはすねたように笑って、早くコーヒー飲めよ、と顎《あご》をしゃくった。

パパの買ってくれたコーヒーは無糖ブラックだった。甘くないコーヒーを飲むのなんて、生まれて初めてだ。それに、たしかコーヒーはミルクを入れないと胃に悪いんだとなにかの本に書いてあった。

でも、まあ、いいか。

一口啜《すす》って、舌が苦さを感じないうちに呑《の》み込んだ。

おいしいかどうかは、わからない。でも、まずいってほどじゃない。

パパは自分のコーヒーをごくごく飲んで、小さなゲップをした。ぼくと同じ無糖ブラックをあんなふうに飲めるだけでも、すごい。パパはあまり喜ばないと思うから、言わないけど。

「なあ、圭太……カッコ悪かったよなあ、パパ。失敗ばっかりだったもんなあ」

ぼくはコーヒーをもう一口飲んだ。今度は、こくん、と喉が鳴った。やっぱり苦い。舌の付け根が縮んだみたいだ。

「カッコ悪くてもさ、パパ、背中おっきくなったみたい」

まだ、喉の奥に苦さが残っていた。

パパはなにも答えなかった。

ぼくもそれきり黙って、コーヒーを少しずつ飲んでいった。苦いけど、この苦さがおいしいんだ、と決めると、ほんとうにおいしい気がしてくるから不思議だ。

「よーし、じゃあそろそろ行くか」

パパの声に、ぼくは敬礼つきで答えた。

「了解！」

振り向いたパパは、くしゃみをする寸前のような顔で、笑った。

また次の春へ ——トン汁

真っ暗な家に帰り着いた。

室内に明かりがないのは最初からわかっていたが、玄関や門の外灯までは頭が回らなかった。

「そうか、こういうのは出がけに点《つ》けておかないとダメなんだな」

玄関の鍵《かぎ》を開けながら、親父《おやじ》がつぶやいた。だが、兄貴も、姉貴も、それから僕も、なにも応《こた》えなかった。ぐったりとしていた。口を開くのも億劫《おっくう》なほど疲れきっていた。

一晩、家を空けた。ひさしぶりというほどの留守ではないのに、外から見た我が家のたたずまいは、どこかよそよそしかった。家の中に入ってからもそう。微妙に居心地が悪い。

「なんか、ヘンな感じだな」

兄貴が言った。「嘘《うそ》っぽいっていうか、テレビのドラマみたいっていうか……」とつづけて、首をかしげる。僕と同じことを感じてくれていた。

「ウチなんだけど、ウチじゃないんだよね」

姉貴が言う。難しい言い方だったが、兄貴も僕も、そうそう、とうなずいた。わかる。ここは我が家なのに、我が家ではない。居間の様子はいままでどおりでも、そこに座る僕たちのほうが、大きく変わってしまった。

お母さんがいないとウチじゃないよ――。

言いかけて、やめた。

兄貴や姉貴はきっとうなずいてくれるはずだが、その前に、僕は「お母さん」を口にしたとたん泣いてしまっただろう。頭の中で「お母さん」の言葉を思い浮かべただけでも危なかった。母の顔や声が浮かんだら、その瞬間、涙があふれたかもしれない。

僕は小学三年生だった。

自他ともに認めるお母さん子で甘えん坊の少年が、突然、母親をうしなった。

斎場でお通夜《つや》と告別式を営み、茶毘《だび》に付したその日のうちに初七日の法要と納骨もすませて、いま、帰宅した。

ちょうど四十年前の話――季節は桜の花がほころぶ頃だったが、底冷えのする寒い夜だった。

お通夜でも告別式でも、さんざん泣いた。

それでも、なにか物足りなかった。ほんとうはもっと悲しいのに、その手前で涙が出てしまって、奥まで行き着かない。心のいちばん奥深いところに、まだ涙はたくさん残っている。それをぜんぶ搾《しぼ》り出してしまいたくても、どうしてもそこには届かない。あせっていた。お別れの儀式はどんどん先に進んでいく。ちょっと待って、ねえ、ちょっと待ってください、お願いします、と司会のひとに言いたかった。

母ともっとゆっくり過ごしたかった。話しかけても返事はないし、もう目を開けてくれることもない。わかっている。それでも、少しでも長く一緒にいたい。少しでも静かにお別れをしたい。だが、斎場に安置されてからの母は、僕だけのものではなかった。僕の知っているひと、知らないひと、みんなが次々にやってきては母に別れを告げた。僕は兄貴や姉貴の見よう見真似《みまね》で、立ったり座ったりおじぎをしたり、手を合わせたりお経の言葉を唱和したり焼香したり……。

忙しかった。時間は滑るように流れていき、それを止めることは——きっと誰にも、できなかった。

じりじりとしたもどかしさを胸に抱いたまま、母と過ごす最後の時間はあっけなく尽きてしまった。形どおりに手を合わせ、焼香をしても、心を込めた「さようなら」は結局言う機会がなかった。

母の亡《な》くなった歳《とし》をとうに超えたいまになって、そのことが悔やまれてしかたない。

母の死因はクモ膜下出血だった。

その日の朝まで元気だったのに、お昼前に倒れて救急車で病院に運ばれ、夜遅く、息を引き取った。

長患《ながわずら》いをしていたのなら、こちらも心の準備ができる。だが、あまりにも急だった。不意打ちをくらったようなものだ。悲しむより先に呆然《ぼうぜん》としてしまう。思い出にひたる余裕もなく、先のこともなにも考えられず、途方に暮れてしまうしかない。

斎場から我が家に帰り着いたあともそうだった。

みんな服を着替えて居間に集まっていても、なにをするわけでもなく黙り込んでいた。表情の消えた顔でコタツを囲み、テレビも点けず、溜《た》まっていた新聞に手を伸ばすこともない。コタツの一辺はいままでどおり母のために空けてあっても、気づいているのかいないのか、誰もそのことを口にはしなかった。

夕食は外ですませてきた。夜八時過ぎなので、まだ寝るには早い。中学一年生の兄貴がトイレに立ったついでに風呂《ふろ》を沸かし、小学六年生の姉貴はふと思いだしたように台所からミカンを人数分持ってきてくれたが、親父は黙ったまま、ぼんやりと虚空を見つめるだけだった。

　やがて兄貴が「風呂、先に入っちゃうね」とコタツから出た。親父は、ああ、と喉《のど》の奥を低く鳴らして応えた。自分のミカンを食べ終えた姉貴は「もう一つ、部屋で食べていい?」と立ち上がりながら訊《き》いた。親父は、今度もまた、ああ、と応えた。

　居間には親父と僕だけが残された。

　やっぱりテレビを点けようか、それともちょっと早いけれど自分の部屋に入って寝てしまおうか、と迷っていたら、親父がぽつりと言った。

「腹……減ってないか」

　え、と聞き返す前に、「あり合わせのもので、なにかつくるから」とつづける。「食べるだろ?」

　とっさに首を横に振ってしまった。「おなかいっぱい」とも返した。

　悪かったかな、無理してでも「食べる」と言えばよかったかな、とすぐに思ったが、いまさら言い直すわけにもいかない。

　親父は苦笑して「残していいよ」と言った。「食べきれなかったら、明日の朝ごはんにしよう」

「なにをつくるの？」

「冷蔵庫の中を見てから決めるけど、まあ、簡単なやつだ」

それはそうだろう。親父が料理をしているところなど見たことがない。

なぜ急にこんなことを言い出したのだろう。怪訝《けげん》に思う僕をよそに、親父はコタツから出ると台所に向かった。冷蔵庫を開けて中の食材を確かめ、よし、とうなずいて、僕を振り向いた。

「今夜は寒いから、トン汁にしよう。体が暖まって、よく寝られるぞ」

「お父さん、つくれるの？」

「つくったことないけど、まあ、なんとかなるだろ、味噌汁《みそしる》みたいなものなんだから」

冷蔵庫から豚肉のコマ切れと、袋に入ったモヤシを出した。

トン汁は、母もときどきつくってくれていた。僕の好物の一つだ。兄貴や姉貴も好きだったと思う。

ただ、母のトン汁にはモヤシは入っていなかった。代わりに、ゴボウやニンジンや大根、コンニャクが入って、仕上げにネギをたっぷり散らすのが母の流儀だ。

その味を思いだすと、胸の奥がじんわりと熱くなった。お通夜や告別式のときにはなかった感覚だった。

「トン汁って、モヤシでいいの？」

「あれ？　違ったか？　入れないんだったかな、モヤシは……」

頼りないことを言う。「いいだろ、だいじょうぶだよ、モヤシだったら包丁も使わずにすむんだし」と、もっと頼りないことを言って、「お父さんのオリジナル料理だ」と笑う。

だいじょうぶかなあ、なんだか心配だなあ、と困った顔で笑い返したあと、ふと気づいた。

明日からのごはんはどうなるんだろう。親父が会社から早めに帰ってきてつくるのか、子どもたちが交代でつくるのか、出来合いの総菜やお弁当ですませるのか、誰かがつくりに来てくれるのか……。

斎場ではあわただしさに紛れて遠くに置き去りにされていた今後のことが、ようやく現実の問題として目の前に迫ってきた。

もう母はいない。

どんなに願っても、もう二度と母とは会えない。

あらためて噛《か》みしめると、胸の奥がさらに熱くなる。

鍋《なべ》を火にかける親父の背中から目をそらし、強く瞬《またた》くと、まぶたの裏がたちまち潤《うる》んできた。

悲しい。悲しくてたまらない。けれど、悲しくてたまらないということが、不思議とうれしい。ほっとする。もう遅い。遅いのだけれど、間に合った、という気がする。

気づかないうちに泣き声が漏れていた。

「どうした?」

振り向いた親父と目が合った。

うん、うん、と大きく二度うなずいた親父の顔が、にじみながら揺れる。

親父はすぐに鍋に向き直り、僕は居間に戻って、コタツに突っ伏した。ゆっくりと泣いた。誰にも邪魔されず、誰からもせかされることなく、胸の奥に残っていた涙をようやく搾り出した。

しばらくすると味噌の溶けた香りが台所から漂ってきた。

「なにつくってるの?」と二階から下りてきた姉貴も、「なんかオレ、腹減ってきちゃった」と笑う風呂上がりの兄貴も、真っ赤に泣き腫《は》らした目をしていた。

「もうすぐできるからな」

得意そうに言った親父は、兄貴と姉貴の目が赤いことに気づくと、さっきと同じように、何度も大きくうなずいて、洟《はな》を啜《すす》りながら笑った。

親父の特製トン汁は、正直に打ち明けると、ちっともおいしくなかった。お湯に味噌を溶いただけ。ダシを取っていないし、ぐらぐらと沸騰《ふっとう》させてしまったので、香りもほとんど飛んでしまった。豚肉とモヤシにも下味をつけず、あらかじめ軽く炒《いた》めておくこともなく、ただ沸騰した味噌汁に放り込んで火を通して——モヤシは明らかに火を通しすぎて、おしまい。

「どうだ？　ちゃんと味見してつくったんだけど、ちょっと味が薄かったかなあ」

親父に訊かれて、姉貴がきょうだいを代表して答えた。

「お父さん、モヤシを入れる前に味見しちゃったんじゃないの？」

「うん、そうだけど……」

「モヤシ、一袋ぜんぶ入れちゃったんでしょ。そんなに入れると、水っぽくなっちゃうのあたりまえだよ」

あ、そうなのか、と感心した顔でうなずく親父に、姉貴は追い打ちをかけるように言った。

「お肉を入れたあと、お父さん、アクをすくってないでしょ。モヤシにアクがくっついてるの見えない？」

「……ああ、これか、あるな、うん」

「先に炒めたほうがいいと思う。お肉もモヤシも」

そこに横から兄貴も「そもそも、トン汁にモヤシって、やっぱりヘンだよ」と割って入って、親父はますますしょげてしまった。

そんなふうに最初はさんざんの評判だったものの、やがて僕たちは三人とも黙ってしまった。味には確かに不満はあっても、寒い夜に啜る熱いトン汁は、味を超えたところでたまらなく美味《うま》い。

お椀《わん》に顔をつっこむようにしてモヤシを掻《か》き込みながら、親父が誰にともなく言った。

「これから……がんばろうな、みんなで」

返事はない。沈黙が答えになる。

「お母さんのぶんも……」

親父の言葉は途中で切れた。

代わりに、くぐもった嗚咽《おえつ》が聞こえてきた。

最初は親父だけ。

やがて姉貴の嗚咽が重なり、僕の嗚咽も加わった。

兄貴は、たぶんわざとずるずると大きな音をたててトン汁を啜り込んで、空のお椀を持って台所に行き、そこで一人で泣いた。

＊

母を亡くした我が家の毎日は、覚悟していた以上に大変だった。苦労したことや困ったことを並べあげていくと、きりがない。

だからこそ、ここではなにも触れずにおく。こういうことは縁もゆかりもない誰かに「わかってください」と訴えるべきものではないはずだし、聞かされたほうも困ってしまうだけだろう。

ただ一つ、モヤシ入りのトン汁は、我が家にとってとても大切な、特別の料理になった。

毎年の春、母の命日の前後――冷え込んだ夜に、誰からともなく「お父さんのトン汁、食べたい」とリクエストが出される。僕たちから声があがらなくても、親父が自ら「よし、今夜は寒いから、アレつくって体の内側から暖めるか」と台所に立つときもある。何度も食べてしまうとありがたみが薄れるので、年に一度か二度の、とっておきの料理になった。

姉貴の指導の甲斐《かい》あって、親父の料理の腕前も多少は上がった。きちんとダシを取って、ニンニクとショウガで風味をつけ、豚肉の下ごしらえをするだけで、味わいは格段に増す。ただし、「根菜を入れたほうが味が強くなって、絶対においしくなるよ」と姉貴がいくら勧めても、親父はモヤシ以外の野菜は頑として入れようとしない。最初につくったあの夜のトン汁にこだわりつづける。

「ほんとに頑固で融通が利《き》かないんだから」と姉貴はぶつくさ言うけれど、兄貴と僕は「親父の気持ちもわかるけどな」と、男のロマンを支持する。それで姉貴はいっそう機嫌を悪くして、仏壇の母の写真に「お母さん、聞いてよ、ほんとにもう……」と大げさな身振りで芝居がかった愚痴をこぼし、兄貴と僕を笑わせる。

そんなふうにして、母が亡くなってからの歳月は過ぎていったのだ。

モヤシ入りのトン汁を姉貴が一人で、自分だけのためにつくったことがある。

姉貴が高校二年生で、僕が中学二年生だった頃——季節は秋の終わりだった。

何日か前から元気がなかった姉貴は、その夜も夕食をほとんど食べ残してしまい、夕食のあとは自分の部屋に閉じこもっていた。

風邪でもひいたんだろうかと思っていたら、日付が変わる頃になって、部屋からばたばたとした物音が聞こえてきた。

「どうしたの？」

びっくりして廊下から声をかけると、バンダナを鉢巻きにした姉貴が、汗ばんだ顔を戸口から出して、「部屋の模様替え」と言った。

「こんな時間に？」

「急にやりたくなったから」

一言答えて、じゃあね、とドアを閉める。

思ったより元気そうだったが、逆の意味で不安にもなってしまった。

三十分ほどで部屋は静かになり、姉貴は台所に下りていった。今度は台所から物音が聞こえてくる。

怪訝に思って台所を覗《のぞ》くと、姉貴は小さな鍋でモヤシ入りのトン汁をつくっていた。ちょうど豚肉に火が通って、モヤシを鍋に入れるところだった。

「一杯ぶんしかつくってないから、悪いけど、あんたのぶんはないよ」

僕に背中を向けたままで言う。

「それはべつにいいけど……でも、なんでいきなりつくってるの？」

「急に食べたくなったから」

「明日でもいいのに」

「いま食べたいの」

モヤシのしゃっきりとした食感が残っているうちに火を止めて、お椀に移す。ふだんからトン汁に七味唐辛子を入れるのが大好きな姉貴だが、その夜は、いつも以上に――表面が真っ赤になってしまうほど七味を振りかけていた。

立ったまま一口啜り、辛さに肩をすくめ、「ううっ、効くなあ……」とつぶやいた。

「だいじょうぶ？　辛すぎない？」

「うるさいなあ、あんた関係ないでしょ」

一口、また一口、さらにもう一口。

はあはあ、と息が荒くなる。見る間に額が汗ばんでくる。ふーう、と吐き出す息にまで唐辛子が溶けて赤く染まっているみたいだ。

それでも姉貴は食べきった。

最後の一口を啜ると、気持ちよさそうにげっぷをして、「よしっ」と力んだ声を出した。

啞然《あぜん》として立ちつくす僕に「なんだ、あんたまだいたの。暇だねー、早く寝なさいよ」と笑う顔は、前髪が額に張りつくほど汗をぐっしょりかいていたが、すっきりしていた。

実際、お椀と鍋を手早く洗ったあとは、台所に長居をすることなく、「さあ寝よっと、あー眠い眠い」と、僕を残してさっさと二階に上がってしまい、翌日からは、また元気を取り戻して、学校に通った。落ち込んでいた原因を激辛のトン汁で洗い流したとしか思えない。

あとになって——何年もたってから、種明かしをしてもらった。

失恋をした直後だったのだという。

ひどく傷ついて、もう生きていたくないとまで思い詰めて、それでもなんとか立ち直りたくて、部屋の模様替えをして、激辛のトン汁を啜った。

「モヤシっていいね、根菜と違って皮を剝《む》いたり切ったりしなくていいし、火もすぐに通るから、思い立ったらパッとつくれるでしょ。その速さが大事なの。うじうじしてるときは、食べるもので勢いをつけてもらわないとね」

姉貴はその後もたくさん恋をした。手痛い失恋をしてしまったことも、ゼロではないだろう。そのたびに激辛トン汁のお世話になったのかどうかは、残念ながら知らない。

ただ、僕も姉貴に倣《なら》って、モヤシ入りトン汁には七味唐辛子を多めに振るようになった。もともとモヤシの味は淡泊なので、七味でピリッと引き締めるとちょうどいい。

子どもの頃にはわからなかった味わいだ。

姉貴は二十代の半ばに結婚をして、男の子二人に恵まれた。四十代の終わり頃から体質が変わったのか、最近は冷え症に悩まされていて、夏場でもソックスや長袖《ながそで》シャツが手放せないという。

その体質改善を図って、体温を上げる効果があるショウガをいろいろな料理に使っているのだが、特にモヤシ入りトン汁との相性が抜群らしい。

「あんたも一回やってごらん。ほんとにおいしいから。ショウガをすり下ろして、『ええーっ?』ってびっくりするぐらい入れて、ちょうどいいの」

七味唐辛子は口の中から熱くなるのだが、ショウガのほうは腹に流れ落ちてから、ぽかぽかと温《ぬく》もってくる。

「七味もあいかわらず好きだけど、ショウガに比べたら、ちょっと辛さが幼いかなっていう気がしちゃうね。やっぱりショウガのほうがおとなの味ってことよね」

来年、上の息子が結婚をする。姉貴が「おばあちゃん」になる日もそう遠くないだろう。

「今度は山椒《さんしょ》を試してみようと思ってるの。意外と相性がいいんじゃないかなあって思ってるんだけどね……」

我が家の味は、こんなふうにして歴史を紡《つむ》いでいくのだ。

兄貴の話もしておこう。

兄貴と僕はともに大学進学を機にふるさとの町を出て、東京で一人暮らしをした。ただ、その後もずっと東京で生活している僕とは違い、兄貴は大学を卒業すると帰郷して、ふるさとで就職した。男手一つで三人の子どもを育てあげた親父のもとに帰って、結婚をした後も自宅を二世帯住宅に建て替えて、親父の老いの日々を見守ってくれている。

「長男」の鑑《かがみ》のようなひとだ。兄弟のひいき目抜きにして、つくづく思う。

兄貴は五十歳を超えたいまになっても、大学時代のことをしょっちゅう懐《なつ》かしそうに話す。東京で送った一人暮らしの日々は、わずか四年間だからこそ愛《いと》おしくて、かけがえのない思い出になっているのだろう。

長年その思い出話に付き合っていると、少しずつ記憶が美化されていることに気づく。でも、まあ、いいか、と苦笑いで聞き流す。兄貴にはほんとうに世話になってきた。僕が子どもの頃は姉貴と二人で母の代わりをつとめてくれたし、おとなになってからは、兄貴のおかげで、ふるさとを必要以上に顧みることなく東京暮らしをつづけることができた。感謝している。ほんとうに。そんな兄貴の貴重な青春の思い出なのだ。少々のオーバーアクションは貯金の利子のようなものだろう。

兄貴の思い出話には、モヤシ入りトン汁のこともよく出てくる。

アパートの共同炊事場で、ときどきつくっていたのだという。トン汁として食べるだけでなく、うどんを入れたり、餅《もち》を入れたり、冷やご飯と卵を入れておじやにしたり……。とりわけお気に入りだったのが、卵入りのトン汁——まだモヤシに火が通らないうちに生卵を二つ割り入れる。黄身を崩さないようにしばらく放っておくと、ちょうど卵が半熟になった頃にモヤシにも火が通る。あとは卵だけ啜り込むように食べてもいいし、崩した黄身をモヤシや豚肉にからめて食べてもいい。

「卒論の追い込みのときには、一週間ずーっとそれだったんだ。あの頃の大学生は、とにかく卵さえあればスタミナがつくと信じてたからなあ」

僕にはその感覚がとてもよくわかる。

だが、兄貴の一人息子は、毎度おなじみの話を面倒くさそうに聞き流すだけで、ちっとも乗ってこない。

「男の勝負をするときには、やっぱり卵だよな。『ロッキー』だって、試合の前には生卵をいくつもコップに入れて飲んでたんだぞ」

たとえ話が古いのだ、兄貴も僕も。しかも「そんなにたくさん卵を食べたら逆に体に悪いんじゃないの？」と冷ややかに訊かれたら、兄弟そろって言葉に詰まってしまうのだ。

兄貴の息子は脂《あぶら》ぎったところのまるでない、いかにもいまふうの青年だ。地元の国立大学をおととし卒業して、めでたく市役所に就職した。大学時代も社会人になってからも親元から離れていない。「だって親と一緒にいたほうが、なにかと楽でいいんだもん」と、けろっとした顔で言う。

「オレは、あいつが東京に出てもいいし、なんだったら海外留学でもかまわないと思ってたんだ。自分のやりたいことがあるんだったら、なんでも応援してやるって、あいつがガキの頃からずーっと言ってやってたんだ。就職だって、ウチから通える範囲で決めろなんて言ったこと、一度もないんだ。でもなあ、どうもなあ、安定志向っていうか、冒険しないっていうか、草食系ってこういうこと言うのかなあ……」

兄貴は少し悔しそうに言う。自分が「長男」の役目を律儀《りちぎ》に守ったぶん息子には自由にはばたいてほしいと願う父親の思いは、残念ながら、空回りに終わってしまいそうだ。

それでも、息子が就職して初めて受け取った給料でプレゼントしてくれたという磁気ネックレスを、兄貴は文字どおり肌身離さずに使っている。「あいつはああ見えて、意外と心の根っこが優しいんだよ」とうれしそうに何度も自慢する。

医学的効果は少々怪しげなそのネックレスは、買ってもたいしたことのない安物だった。同じ初月給で贈ったプレゼントでも、母親のほうはジノリのティーカップだったらしい。ずいぶん差をつけられてしまった。

「だってね、わたしは最初にリクエストしたんだけど、ダンナはだめなのよ、照れてるのか遠慮してるのか知らないけど、『俺はなんでもいいから』しか言わないんだもん」――義姉はあきれ顔で言う。

僕も「しょうがないですねえ」と笑って相槌《あいづち》を打つ。だが、本音は少し違う。僕はそういうときにリクエストを出せない兄貴のことが大好きで、弟として誇りにも思っているのだ。

八十歳近くなった親父は、この二、三年ですっかり老け込んでしまった。足腰が弱って、ときどき現実と幻との区別がつかなくなってしまう夜もあるらしい。

だが、兄貴が「親父、ひさしぶりにアレ食いたいなあ」と水を向けると、その一言だけで話は通じる。「モヤシと豚コマはあるのか?」と訊く声は急にしゃんとして、背筋までまっすぐ伸びるのだという。

もちろん親父を一人で台所に立たせるわけにはいかないし、「じゃあオレもちょっと手伝うよ」と鍋《なべ》を火にかける兄貴が、結局のところはほとんどぜんぶつくっている。卵は入れない。姉貴お勧めの七味唐辛子やおろしショウガも、ここでは使わない。親父があの年初めてつくったオリジナルのモヤシ入りトン汁を、なるべく忠実に、昔どおりに再現する――たぶん、親父のためというより、兄貴自身のために。

親父はモヤシ入りトン汁をおいしそうに啜《すす》る。湯気ごと味わうように目を細め、にこにこと微笑《ほほえ》みながら食べる。

「そのときの親父の笑ってる顔、ガキの頃のおまえとよく似てるんだ」

兄貴はそう言って、少し照れくさそうに「ほんとだぞ」と付け加えた。

＊

野営用のテントの下で、大きな寸胴鍋《ずんどうなべ》に数十人分のトン汁をつくった。一緒にいたボランティア仲間が「へえ、トン汁にモヤシですか、初めて見ました」とびっくりして言った。

「おいしいんですよ」

僕は胸を張って言って、お玉で汁を掻《か》き混ぜた。だいじょうぶ。ニンニクとショウガで風味はしっかりつけたし、先に肉を炒めて旨《うま》みも封じ込めた。なによりモヤシなら根菜と違って包丁を使わずにすむし、生ゴミも出ない。運ぶときも軽かったし、値段だって安い。炊《た》き出しにはうってつけのメニューなのだ。

「ほんとうは豆腐もあると、もっといいんですけどね……」

僕と妻と娘二人の我が家でつくるモヤシ入りトン汁には、さいの目に切った豆腐も入っている。新婚間もない頃に妻が「そのほうがおいしいんじゃない？」と提案して、それが我が家流のトン汁になった。

兄貴や姉貴には話していない。「よけいなもの入れないでよ」と姉貴はなんとなく怒りだしそうな気がするが、兄貴は「それでいい、それでいい、おまえたちのやり方でいいんだよ」と言ってくれるんじゃないかと思う。ただ、そんなことを言う兄貴は自分の家のトン汁には決して豆腐は入れないだろうし、意外と姉貴のほうが、「一回やってみたんだけど、けっこうよかったよ」とあっさり採用するのかもしれない。

いずれにしても、僕はいま、たくさんのひとが亡《な》くなり、たくさんの家族がばらばらになった町にいる。大きな地震と津波によって幸せな生活を根こそぎ奪い取られてしまった海沿いの町に来た。娘たちの通う中学校の保護者会の有志でボランティアツアーを組み、瓦礫《がれき》の片付けを手伝ったあと、住む家を失ってしまったひとたちの昼食に、我が家の歴史が溶け込んだトン汁をつくったのだ。

空が広い。海はあの日の悲劇が嘘《うそ》のようにおだやかで、目にまぶしいほど青い。東京よりずっと北に位置するこの町では、五月初めのいまが桜の季節になる。避難所になった小学校の体育館のまわりの桜も満開の花が風に揺れて、ひらひらと散り落ちている。

きっと、この町のひとびとにとって、春は悲しい記憶と共に語られる季節になってしまうのだろう。

それでも、春が巡り来るたびに、少しずつ幸せになっていますように。次の春、その次の春、また次の春……悲しい出来事から何年目という暦の数え方だけでなく、どんなにささやかでも、あの年の春に始まった家族の歴史もあるんだ、と微笑み合えますように。

トン汁を小皿に取って味見をした。

誰が見ているわけでもないのに、大きくうなずいて、指でOKマークをつくった。

アナウンスを聞いたひとたちが、昼食を受け取りにテントに来た。おにぎりに簡単なおかずを添えた弁当に、紙コップに入れた僕のトン汁。申し訳ないほどの貧弱な食事だったが、みんな「ありがとうございます」とお礼を言って受け取ってくれた。お母さんに連れられた男の子が、目の前に来た。小学三年生ぐらいだろうか。母を亡くした頃の僕と変わらない年格好だった。

「おいしいよ」

僕は笑って紙コップを差し出した。

男の子は顔を赤くしてコップを受け取ると、お礼を言うきっかけを逃してしまったのか、もじもじしながらお母さんを見上げた。

お母さんは僕に会釈《えしやく》をして、ほらちゃんと言いなさい、と男の子の肩を軽くつついた。

男の子はうつむきかげんに、顔をさらに赤くして、「ありがとう」と言った。消え入りそうな声でも、確かに聞こえた。

どういたしまして、と僕は口の動きだけで応《こた》え、お母さんと並んで体育館に戻る男の子の背中を見送った。

亡くなった母のことをふと思いだした。いまの僕よりずっと若い母の顔がひさしぶりに浮かんだ。

春は嫌いな季節だった。

遠い、遠い昔のことだ。

刊行にあたって

お話の書き手としても読み手としても、短編集という形態にずっと心惹《ひ》かれています。バラエティーに富んだ短いお話を吹き寄せのように集めたものも楽しいし、書き手の意図や目論見《もくろみ》がくっきりと出ているものも面白い。「編む」力の強弱や手つきはそれぞれでも、ページを何度かめくるごとに新しい物語の風景が登場することが、僕にとっての短編集の醍醐味《だいごみ》です。だから、自分の短編集をつくるときには、風景の並び方＝作品の配列をめぐって、ああでもないこうでもないとさんざん悩んで（でも思いきり楽しんで）いるわけです。

そんなふうにつくった既刊の短編集から作品をピックアップして、また新たな本を編みました。東日本大震災がなければ生まれなかった二冊、センエツは承知のうえで、自分なりの震災とのかかわり方を考えたすえの刊行です。

僕自身は直接の被災者ではなくても——いや、被災者ではないからこそよけいに、ただ報道だけを追いかけている自分がもどかしくてしかたありませんでした。なにかできないか。ほんの小さなことでも役に立てないだろうか。そう考えているときに、自分の書いた昔のお話が「オレたちがいるぞ」と声をかけてきたような気がしたのです。

その声にハッパをかけられてつくったのが、『卒業ホームラン』『まゆみのマーチ』です。ともに「自選」という形で、特に愛着の強いお話を集めました。旧作だけでは少し物足りなくて、震災そのものを遠景に置いた新作も、それぞれに一編ずつ。

この二冊の著者印税を、将来にわたって全額、あしなが育英会に寄付します。同会を通じて、震災で親を亡《な》くした子どもたちの支援に役立てていただきます。

偽善、自己満足、よけいなお世話、そんな言葉の苦みと重みとを噛《か》みしめつつ、刊行にあたってお世話になった関係各位に心からの御礼を申し上げます。また、印税の寄付とは、発想を変えると、読者が定価の十パーセントの金額を寄付するということでもあります。趣旨にご賛同いただけるでしょうか。なにとぞよろしくお願いいたします。
短編集の醍醐味は風景の変化を味わうことにある、と先ほど書きました。『卒業ホームラン』と『まゆみのマーチ』の場合は、それに加えて、読者一人ずつの胸の中にある「東北」や「家族」の幸せな風景が浮かんできてほしいな、と願っています。失われた風景を取り戻すには長い時間がかかるはずです。でも、あきらめるわけにはいかない。自分にできるせいいっぱいの祈りを込めて本書を編みました。どうか、あなたのお気に入りの短編集になってくれますように。

二〇一一年七月

重松清

所収一覧

エビスくん（新潮文庫『ナイフ』所収）
卒業ホームラン（新潮文庫『日曜日の夕刊』所収）
さかあがりの神様（新潮文庫『日曜日の夕刊』所収）
フイッチのイッチ（新潮文庫『小さき者へ』所収）
サマーキャンプへようこそ（新潮文庫『日曜日の夕刊』所収）
また次の春へ　――トン汁（単行本・文庫未収録作品）

この作品は文庫オリジナル編集です。

卒業《そつぎょう》ホームラン

自選短編集・男子編

新潮文庫　し-43-18

平成二十三年九月一日発行

著者　重《しげ》松《まつ》清《きよし》

発行者　佐藤隆信

発行所　株式会社新潮社

郵便番号　一六二—八七一一
東京都新宿区矢来町七一
電話　編集部(〇三)三二六六—五四四〇
　　　読者係(〇三)三二六六—五一一一
http://www.shinchosha.co.jp

価格はカバーに表示してあります。

乱丁・落丁本は、ご面倒ですが小社読者係宛ご送付ください。送料小社負担にてお取替えいたします。

印刷・二光印刷株式会社　製本・憲専堂製本株式会社

ISBN978-4-10-134928-2 C0193